Mutterland

David Albahari

Roman

Mutterland

**Aus dem Serbischen
von Mirjana und Klaus Wittmann**

Eichborn.

Die Deutsche Bibliothek – CIP-Einheitsaufnahme

Albahari, David:
Mutterland : Roman / David Albahari. Aus dem Serb. übers. von
Mirjana und Klaus Wittmann. – Frankfurt am Main : Eichborn, 2002
Einheitssacht.: Mamac <dt.>
ISBN 3-8218-0686-9

Original ©: David Albahari, »Stubovi kulture«, 1996
© Eichborn AG, Frankfurt am Main, Februar 2002
Umschlaggestaltung: Christina Hucke
Umschlagfoto: © Stone
Lektorat: Doris Engelke
Satz: Fuldaer Verlagsagentur, Fulda
Druck und Bindung: Clausen & Bosse, Leck
ISBN 3-8218-0686-9

Verlagsverzeichnis schickt gern:
Eichborn Verlag, Kaiserstraße 66, D-60329 Frankfurt am Main
www.eichborn.de

»Womit soll ich anfangen«, sagt Mutter. Im selben Augenblick strecke ich meine Hand aus und drücke den Knopf des Tonbandgeräts. Das Tonbandgerät ist alt. Tagelang bin ich auf der Suche nach einem solchen Gerät durch Geschäfte gelaufen, die Marke war mir nicht wichtig. Die Verkäufer waren freundlich, sie lächelten, zuckten mit den Schultern, führten mir die neuesten Typen von Kassettenrekordern vor. Einer von ihnen in einem Einkaufszentrum im Norden der Stadt gestand mir, noch nie ein Tonbandgerät gesehen zu haben. Er meinte jedoch, sein Vater, genauer sein Stiefvater, habe einmal eine solche »Vorrichtung« gehabt. Er habe kein besseres Wort dafür, denn in Anbetracht der heutigen Anlagen, sagte er und ließ dabei seine Hand über eine Reihe neuer japanischer Modelle gleiten, könne man dazu nichts anderes sagen. Er gab mir seine Visitenkarte. Für alle Fälle, sagte er, falls ich es mir überlegen sollte. Er könne sich noch an die Tonbandspulen aus schwarzem oder farblosem Kunststoff erinnern, die er mit Ausnahme derer, die leer waren, nicht anfassen durfte. Die habe er manchmal, das sei ihm erlaubt gewesen, über den Boden rollen lassen. Sicher sei jedoch, daß sein Stiefvater ständig Aufnahmen von Buddy Holly gespielt habe. Die Visitenkarte steckte ich in die Brusttasche meines Sakkos. Es war dasselbe Sakko, in das ich bei meinen Reisevorbereitungen die Bänder gepackt hatte. Es lag zusammengefaltet ganz oben im Koffer, es hätte die Bänder nicht vor einem kräftigeren Stoß bewahren können. Das hätten eher die Pappschachteln vermocht, in denen die Bänder steckten, aber die Ärmel des Sakkos, die ich darüber gekreuzt und mit elastischen Gurten festgemacht hatte, linderten meine Unsicherheit. Ich wollte nicht weg, so wie ich auch nicht bleiben wollte, und die Leere der Ärmel, welche die in elektromagnetische Aufzeichnungen verwandelte Stimme umarmt hielten, hätte eigentlich erst recht zu meiner Verunsicherung beitragen müssen, aber gerade diese beiden Leerräume veranlaßten mich, den Koffer zuzuklappen und die kleinen Schlösser einrasten zu lassen. Ich faltete die Liste der eingepackten Sachen – Kleidungsstücke, Handtücher, einige Bücher, Turnschuhe, Kulturbeutel – zusammen und schob sie in mein Portemonnaie zwischen die Zettel mit Adressen und Telefonnummern. Die Bänder standen nicht auf der Liste. Ich trug sie später nach, als der Koffer schon gepackt war. Auf dem Boden kniend, hatte ich bereits alles in ihn hineingelegt, als ich mich aufrichtete, zum Bücherregal ging und hinter den Bänden des von der Akademie der Wissenschaften herausgegebenen Wörterbuchs der serbokroatischen Sprache, von dort, wo sie, seitdem sie aufgenommen worden waren, lagen, die Tonbänder in den verstaubten roten Schachteln hervorholte. Seit vierzehn Jahren hatte ich sie nicht angerührt, wenn ich vom letzten Anstrich des Zimmers vor sieben Jahren absehe, bei dem ich alle Bücher aus den Regalen genommen, jedes einzeln mit einem weichen Tuch abgewischt und fest zusammengeschlagen und dann in große Kartons geschichtet hatte, die mitten im Zimmer unter dem in

eine Plastiktüte eingehüllten Lüster aufeinandergesta-
pelt waren. Obwohl ich noch nicht weggegangen war,
bin ich eigentlich ihretwegen zurückgekehrt, dachte ich,
während ich den vorderen Teil des Sakkos hochhob, die
Tonbänder zwischen den Stofflagen verstaute und sie
mit den zusammengefalteten Ärmeln zudeckte. Vor
vierzehn, nein, vor sechzehn Jahren war mein Vater gestorben. Er starb schnell, in einem Wimpernschlag, wie
meine Mutter sagte. Ich war jedoch überzeugt, daß sein
Sterben langsam war und Jahre dauerte, daß mein Vater
sich mit dem Tod vierzig Jahre zuvor angesteckt hatte,
damals, als er sich hinter dem Stacheldrahtzaun eines
deutschen Gefangenenlagers für Offiziere wiederfand.
Meine Mutter widersprach dem natürlich. Man stirbt
nur einmal, sagte sie, niemand läuft als ein lebender Toter herum. Meine Freunde hielten zu ihr. Du betrach-
test die Geschichte wie ein Romantiker, sagten sie, für
dich ist das Schicksal eine pastorale Szene, in der in allen Ecken böse Geister lauern. Nein, sagte ich, es gibt
Fäden, die den Menschen an seinen Wendepunkten
festhalten, an denen die Seele ihre Kraft einbüßt. Danach ist das Leben nur noch ein Abspulen, bis der Faden zu Ende ist, sich spannt und die Seele – man kann
es nicht anders ausdrücken – aus ihrer schäbig gewordenen Bleibe herausreißt. Die Freunde winkten ab, Mutter
schenkte Schnaps nach, aus der Küche brachten Frauen
immer wieder warme Käseplätzchen. Das war nach der
Beerdigung. Der Rabbiner hatte die Gebete so leise gesprochen, daß sich die Menschen auf die Zehenspitzen
stellten, in der Hoffnung, ihn besser zu hören. Am
nächsten Tag, als wir beide in der Wohnung in der neu-

entstandenen Leere dauernd aneinanderstießen, sagte ich zu meiner Mutter, ich wolle ihre Lebensgeschichte aufnehmen. Ich spule das Band zurück und drücke auf den Knopf mit der Bezeichnung »Start«. »Womit soll ich anfangen«, sagt Mutter. Im selben Augenblick halte ich das Band wieder an. Ich wußte damals nicht, was ich ihr sagen sollte. Wir saßen am Eßzimmertisch, vor mir lag ein Bogen Papier, auf den ich am Vortag »Mutter: Das Leben« geschrieben hatte, vor ihr stand das Mikrophon, dessen Metallfüßchen in der gehäkelten Tischdecke verheddert waren, die Spulen drehten sich vergebens, ich starrte Mutters dunkelbraune, tiefliegende Augen an. Ich vermute, daß diese Stille mir jetzt angst macht. Zunächst jedoch erschreckten mich ihre Worte. Seit zwei Jahren hatte ich meine Muttersprache nicht mehr gehört, die Gelegenheit dazu ergab sich nicht oft, so weit im Westen Kanadas, in einer Stadt, in der jeder ein Einwanderer ist. Als die Worte aus dem Lautsprecher des Tonbandgeräts schallten – in Anbetracht der Enge des Häuschens, in dem ich wohne, ist das der richtige Ausdruck –, brach ich beinahe zusammen. Wäre auf dem Tisch, auf den ich das Tonbandgerät gestellt hatte, Platz gewesen, hätte ich die Wange auf seine glatte Fläche gelegt und wäre augenblicklich eingeschlafen. Am Abend davor hatte ich einen alten Italiener ausgelacht, der behauptete, das Wort »Sizilien« enthalte mehr Bedeutungen als das größte Wörterbuch, jetzt aber war ich bereit zu glauben, daß vier nichtssagende Wörter ein ganzes Leben beschreiben können. Mutter wartete, sie verstand sich aufs Warten. Vater war immer derjenige, der vom Stuhl aufsprang und zum Telefon lief, der zusammenzuckte, wenn es an der Türe klingelte. Ich malte in eine Ecke des Blattes einen sechszackigen Stern, zwei Dreiecke über Kreuz. Ich wußte nicht, was ich ihr sagen sollte. Ich wußte nicht, womit die Dinge anfangen und womit sie enden. Mich beherrschten nur das Gefühl, daß etwas fehlte, und der inzwischen verlorengegangene Glaube, daß Worte alles zu ersetzen vermögen. Das würde sie freuen, es würde sie freuen, daß ich nicht mehr an die Worte glaube. Jeder Glaube ist gut, sagte sie, aber wer nicht schweigen kann, darf nicht hoffen, in Worten Trost zu finden. Daher das Unbehagen in ihrem Gesicht, während ich das Tonbandgerät aufstellte, die Kabel verlegte, das Mikrophon einschaltete. Sie verstellte sich nie. Sie schaute den Menschen geradewegs in die Augen und zeigte, was sie dachte, was sie fühlte, was sie zu sagen beabsichtigte. Unzählige Male versuchte ich, es ihr gleichzutun, aber mein Blick glitt immer ab, meine Lippen preßten sich aufeinander, meine Wangen fielen ein, meine Stirn legte sich in Falten. Schließlich sagte sie: »Nur einmal hatte ich den Wunsch zu sterben, danach war es leichter.« Ich strecke die Hand aus zu den Bedienungsknöpfen des Tonbandgeräts. Nicht die Stille macht uns angst, sondern das, was auf sie folgt: die Unvermeidbarkeit der Wahl, die Unmöglichkeit der Veränderung, die Unwiderlegbarkeit der Zeit, die Anordnung der Dinge im Weltall. Die Spulen beginnen sich wieder zu drehen. Die Stille, wie alles, an das wir uns erinnern, währt viel kürzer. Damals und dort dachte ich, wenn es so weitergeht, wird mein Vorrat an Tonbändern nicht ausreichen; jetzt und hier bin ich nicht sicher, ob ich in dieser Zeitspanne irgend etwas auf das Blatt vor mir geschrieben habe. Hätte ich jetzt einen Stift, würde ich, während das Band läuft, versuchen, den sechszackigen Stern zu wiederholen, oder ich würde vielleicht ein Quadrat und darüber ein Dreieck malen und dann eine dünne Spirale, die das Ganze in die Vorstellung von einem Haus mit einem rauchenden Schornstein verwandelte, in jene schattige Figur, die ich in Vorlesungen, bei Dichterlesungen, in Konzertpausen, während dienstlicher Sitzungen eifrig an den Rand von Buchseiten und Heften kritzele. Während sich die Spulen drehen, erzeugt eine nicht geölte Achse oder, wie Donald behauptet, ein trocken gewordener Transmissionsriemen einen leisen Pfeifton, ähnlich dem Piepsen einer hinter einem Schrank versteckten Maus. Der Vergleich mit der Maus stammt nicht von mir, denn ich habe noch nie eine Maus gehört. Den Vergleich zog Donald, als er mich zu überzeugen versuchte, daß sein altes Tonbandgerät noch in einem brauchbaren Zustand sei. Wir standen über das Tonband gebeugt im Keller des Hauses seiner Eltern, in einem Raum, der übervoll war mit Werkzeug, alten Haushaltsgeräten, Weihnachtsschmuck und Stapeln verstaubter Wochenzeitungen. Unüberhörbar und hartnäckig, weckte dieser Ton Zweifel in mir, ob ich, wie ich zu Donald sagte, die Stimme meiner Mutter würde hören können. Ich lauschte zunächst mit dem linken, dann mit dem rechten Ohr. Donald schüttelte den Kopf. Das sei kein Donnern, welches das Trommelfell erzittern ließe, sondern das dumpfe Aufbegehren der Materie, nicht mehr als das Piepsen einer hinter einem Schrank versteckten Maus. Die Europäer, sagte er, glaubten so sehr an Zweifel, daß sie am glücklichsten seien, wenn sie sich nicht entscheiden müßten. In diesem Erdteil hingegen bekämen die Zweifler kein Bein auf die Erde oder sie kämen über die Anfänge nicht hinaus, was zumindest für ihn ein und dasselbe sei. Donald ist Schriftsteller. Er entsann sich seines Tonbandgeräts, als ich ihm in einem Restaurant, das auf einer weiten in einen Stadtpark verwandelten Flußinsel lag, von meiner erfolglosen Suche nach einem Gerät berichtete, mit dem ich die Bänder mit der Stimme meiner Mutter abhören könnte. Er glaubte, das Tonbandgerät sei noch immer irgendwo im Keller des alten Hauses seiner Eltern. Eigentlich war er überzeugt, daß es sich dort befand, weil sein Vater nichts wegwarf, alles könne man, behauptete dieser, wieder verwenden, alles warte auf einen neuen Augenblick, was sich, sagte Donald, wenigstens in diesem Fall als richtig herausgestellt habe. Er, Donald, habe allerdings dieses Gerät schon immer gehaßt wegen der Bänder mit alten ukrainischen Liedern und Kirchengesängen, die sein Vater ständig nur noch einmal habe hören wollen. Mein Vater, sagte ich, hat nie mein Tonbandgerät benutzt. Das war eigentlich eine jener kleinen Lügen, die uns helfen, das Leben zu meistern. Die, besser gesagt, mir helfen, das Leben zu meistern und die große Lüge der Verallgemeinerung zu vermeiden. Es gibt nichts auf der Welt, was allen gleichzeitig eigen ist, ausgenommen eventuell biologische Funktionen. So muß jeder von Zeit zu Zeit seine Blase entleeren, aber niemand tut es auf die gleiche Art und Weise. Mein Vater zum Beispiel schüttelte sich beim Wasserlassen, ich hingegen stand und stehe ruhig und fahre mir gelegentlich mit der Zunge über die Lippen. Wir unterschieden uns auch darin, wie wir die Bedienungstasten des Tonbandgeräts drückten: Mein Vater tat es mit dem Daumen, ich benutzte meinen Zeigefinger. Das Tonbandgerät hatten wir zu einem äußerst günstigen Preis einem Gastarbeiterehepaar abgekauft, das sich auf diese Weise meinem Vater erkenntlich zeigen wollte. Mein Vater war Arzt, Gynäkologe, ein Fachmann nicht nur für Abtreibungen, sondern auch, wie das so üblich ist, für Empfängnis und die Erhaltung der Frucht. Er nahm als erster seine Stimme auf, trug ein Gedicht von Vojislav Ilić vor. Das war es, was ich mit den kleinen Lügen meinte. Er wünschte sich ein eigenes Tonbandgerät, auf dem er Artikel aus medizinischen Fachzeitschriften aufnehmen wollte, um sie dann in der Pause nach dem Mittagessen zu hören, was er nie getan hat. Hier endete meine kleine Lüge und ging in Wahrheit über. Meine Mutter hingegen kam dem Tonbandgerät nie nahe. Jahrelang mußten wir auf sie einreden, daß ein Elektroherd besser sei als ein Kohleherd, daß ein elektrischer Warmwasserbereiter praktischer sei als ein Badeofen, den man mit Zeitungspapier, Holzscheiten und Kohlestücken heizen muß. Sie besaß eine Hartnäckigkeit, die mein Vater damals als »bosnische Sturheit« bezeichnete. Wenn sie »nein« sagte, dann hieß das »nein«; dann gab es dafür keine andere Bedeutung, keine andere Auslegung, keine andere Lesart. Es mußten Jahre vergehen, damit sie nach einem Nein wieder ja sagte, aber selbst dann blieb sie skeptisch, bereit, uns, wenn auch ohne Bosheit, an ihre ursprüngliche Ablehnung zu erinnern. Im Grunde behielt sie recht. Die neuen Geräte gingen schnell kaputt, die Heizplatten, Heizöfen und Sicherungen brannten durch, die Magnete ließen nach, schnell setzte sich Kalk an. Der Kohleherd hingegen hielt ewig. Seine Schamottewände überdauerten jedes Menschenleben. Es gebe keinen Grund, anders zu sein, meinte Mutter. Das Leben sei keine Veränderung, meinte sie, das Leben sei eine Wiederholung. Und erst jetzt weiß ich, warum sie stockte, als ich das Mikrophon vor sie setzte und mich all ihren früheren Weigerungen zum Trotz anschickte, ihre Stimme aufzunehmen. Sie stockte nicht wirklich, sondern in ihrem tiefsten Inneren, was ich an ihren tränenerfüllten Augen sah. Die Wiederholung war zu Ende, das Leben wurde zur Veränderung. Ich sagte ihr, ich tue es wegen des Vaters, weil ich nicht so klug gewesen sei, seine Lebensgeschichte festzuhalten, ihre Geschichte würde eigentlich die Lücke füllen, die er hinterlassen habe. Hätte ich gesagt, ich täte es ihretwegen, hätte sie sich geweigert. Nichts tat man *ihretwegen* und *für sie*, vielmehr tat sie alles für andere. Alles mündete in sie, jedes Unglück und jeder Mißerfolg, jedes Dulden und jedes Leiden. Donald würde sie einen großen Blitzableiter nennen, der jede dunkle Energie auf sich zieht, der uns überragt, bereit, selbst auszubrennen, nur um uns zu retten. Ich weiß, daß er das sagen würde, weil ich einmal hörte, wie er seine Mutter, oder war es vielleicht seine Tante, mit einem Regenschirm verglich. Sie stand über uns wie ein Regenschirm, sagte er, und kein Regentropfen benetzte jemals unser Haar. Ich werde nie wie Donald reden können, ich werde es nie schaffen, die Worte derart zueinander in Beziehung zu setzen, daß zwei Wörter ein unausgesprochenes drittes ergeben oder daß sie über die eigentlichen Wörter hinaus eine Metapher, eine Bedeutung ergeben, die man mit bloßen Worten nicht ausdrücken kann. Dabei ist es gleichgültig, ob ich mich seiner oder meiner Sprache bediene. Jetzt weiß ich, woher meine Angst rührt. In zwei Jahren kann man eine Sprache vergessen, in sechzehn Jahren kann sie vom Erdboden verschwinden, und wenn sie verschwunden ist, gibt es auch uns nicht mehr. Alles, was bleibt, ist ein pfeifender Ton. Meine Mutter blickte mich an: Die Art, wie sie die Lippen aufeinanderpreßte, deutete an, daß sie, wie sie sich auszudrücken pflegte, »das Ihre gesagt« habe. Das Band lief noch eine Weile weiter, dann hörte man eine Tür, dann lautes Weinen, danach meine Worte: »Wir machen morgen weiter.« Weitergemacht haben wir nach etwa zehn Tagen oder vielleicht erst nach zwei Wochen. Bis dahin hatte sich die Prozession der Verwandten, Freunde, Patienten und Nachbarn gelichtet. Immer öfter blieben wir allein, vor allem abends, aber Mutter schlug meine Aufforderungen, weiterzumachen, aus. Einmal hatte ich sogar schon wieder alles gerichtet, die Kabel gelegt und das Mikrophon auf den Füßchen befestigt, aber als ich die Knöpfe drückte, stand Mutter auf und ging in die Küche. Jetzt hörte sich das an wie zwei aufeinanderfolgende Schläge, wie beim Schlucken, der erste kurz und entschlossen als Ausdruck meiner Überzeugung, der zweite etwas gedehnt, verschnörkelt, als ich, meine Enttäuschung nicht verhehlend, das Gerät langsam zum Stillstand brachte. Den dritten Schlag, als wir tatsächlich weitermachten, als meine Mutter bereit war zu sprechen, konnte ich nicht hören, oder er ging, falls er zu hören war, in dem Pfeifen und Quietschen der schlecht geölten Achse unter. Mutter räusperte sich zunächst, was mir zu verstehen geben sollte, wie unwohl sie sich fühlte. Das wußte ich damals und weiß es heute erst recht. Allerdings war ich damals wie heute nicht bereit, es zu akzeptieren. Heute ist mir klar, daß sie sich überwinden mußte, nicht wegen der Angst vor dem unbekannten Mechanismus, sondern aus Entsetzen, weil ich ihr einen Zwang auferlegte, weil ich sie durch eine Handlung, gegen die sich ihr ganzes Wesen sträubte, nötigte, ihre Liebe zu mir in Worte zu fassen, sich ausgerechnet in dem Augenblick zu ihr zu bekennen, als sie den Verlust der wahren Liebe, der Liebe zu meinem Vater, beklagte. Jetzt, in dem Häuschen sitzend, das nach kanadischen Maßstäben trotz seiner bescheidenen Größe ein richtiges Haus war, aber nach europäischen Standards nur als eine Baracke bezeichnet werden konnte, erkenne ich meinen unersättlichen Egoismus. Indem ich sie zum Sprechen zwang, wollte ich sie für mich allein haben, ich wollte ihr Gefühl des Verlustes für mich in ein Gefühl des Gewinns verwandeln. Du glaubst zu sehr an die Worte, sagte mir Donald einmal, und das belastet immer den, der schreibt, selbst wenn er kein Schriftsteller ist. Schreiben heißt, nicht den Worten glauben, es heißt, der Sprache, jeder Art des Erzählens mißtrauen, sagte er. Das Schreiben ist eigentlich eine Flucht vor der Sprache, sagte er, und nicht, wie behauptet wird, ein Eintauchen in sie. Derjenige, der darin eintaucht, sagte er, ertrinkt, während ein Schriftsteller an der Oberfläche schwimmt, er bewegt sich an der Schnittstelle der Welten, an der Grenze zwischen der Sprache und der Stille. Ich war mir nicht sicher, ob ich verstand, was er meinte. Ich erzählte von den Tonbändern mit der Lebensgeschichte meiner Mutter und sagte, man könne daraus ein Buch machen. Donald winkte nur ab. Wir saßen im Restaurant auf der Flußinsel, die in einen großen Park verwandelt worden war, und starrten auf die Wolkenkratzer im Stadtzentrum. Die Stadt war auf den umliegenden Hügeln erbaut, die einst zur Prärie am Fuße der kanadischen Rocky Mountains gehörten, die Wolkenkratzer hingegen befanden sich, von überall gut sichtbar, in der Ebene, die durch einen schmalen Fluß und seinen noch schmaleren Nebenfluß begrenzt war. Die Achse quietschte wieder oder der Transmissionsriemen war wieder irgendwo hängengeblieben. Es schien, als hätte Mutter tief eingeatmet, als hätte sie die Luft durch die zusammengepreßten Zähne geschlürft. Ich dachte, sie würde in Tränen ausbrechen; dann hätte ich mir sofort Vorwürfe machen müssen, weil sie sich nie gestattet hatte, vor uns zu weinen, zumindest nicht über sich selbst. Sie weinte bei Beerdigungen oder Hochzeiten oder in Kinosälen, als wir uns noch alle zusammen Filme anschauten, vor allem bei der *Veilchenverkäuferin,* aber niemals *ihretwegen,* auch dann nicht, wenn die Kränkung unmißverständlich, die Erinnerung schmerzlich, der Schmerz offensichtlich waren. »Als die Deutschen in Zagreb einzogen«, sagte Mutter, »marschierten sie über Blumen und Schokolade.« Den Satz kenne ich gut. Er gehörte zur Geschichte und zur Mythologie unserer Familie, und ich hörte ihn oft an den Abenden, wenn Vater und Mutter zusammen mit ihren Gästen darüber redeten, wie es vor dem Krieg gewesen war. Jetzt muß man ergänzend »vor dem Zweiten Weltkrieg« sagen, denn während ich hier sitze, im Häuschen, das ich von einer mageren alten Chinesin gemietet habe, herrscht dort, woher ich komme, ein neuer Krieg beziehungsweise wird der alte Krieg zu Ende geführt, werden die nicht realisierten Absichten verwirklicht, als hätte jemand die Vergangenheit aus einem Filmarchiv hervorgeholt und Schauspieler angewiesen, die einst begonnene Szene weiterzuspielen. Damals jedoch, als wir unter dem altmodischen Lüster saßen, entging mir der wahre Sinn dieses Satzes. Meine Mutter, noch immer in schwarzer Bluse und schwarzem Rock, saß unnatürlich steif, den Rücken an die Stuhllehne gedrückt, als wolle sie vor dem Mikrophon flüchten. Über das Tonbandgerät gebeugt, starrte ich auf das grüne Licht des Kontrollämpchens, das flackerte, während es sich im Rhythmus von Mutters Stimme ausdehnte und zusammenzog, und war nur auf die Qualität der Aufnahme bedacht. Ich fürchtete, die Worte würden sich wegen Mutters Widerstand und Zurückweichen möglicherweise nicht in eine Aufzeichnung verwandeln wollen oder sie würden, ausgesprochen außerhalb der Reichweite der Mikrophonmembrane, verzerrt, kaum hörbar, unbrauchbar werden. Wenn ich nur schreiben könnte, würde ich jetzt mit dem absurden Paradox spielen, daß Mutters verächtliche Worte über die Deutschen mit Hilfe eines deutschen Tonbandgeräts auf ebenfalls in Deutschland hergestellten Tonbändern aufgenommen wurden. Sie hat freilich nicht verächtlich gesprochen. Für sie war die Geschichte eine Tatsache, ein Hammer, der mit unerbittlicher Präzision, wann immer er wollte, auf sie, auf Mutter, niedersauste, so daß jede

Verachtung trotz des Schmerzes und trotz der Schlagkraft des Hammers nur eine Bestätigung ihrer Niederlage gewesen wäre, die sie sich einfach nicht eingestehen wollte. Die Verachtung ist ausschließlich mein, das ist eine Ergänzung, die ich in der Überzeugung mache, daß ich jetzt, weit entfernt von dem neuen Krieg, den alten besser verstehe, obwohl ich nie begriff, warum jemand den Wunsch verspüren sollte, marschierenden Soldaten Schokolade vor die Füße zu werfen. Jedenfalls, während die Blumen durch die Luft flogen und die Schokolade zu einem zähen Matsch zertrampelt wurde, packte meine Mutter eilig ihre Koffer. Zagreb war nicht mehr dieselbe Stadt. So zerbrach ihr Leben auf die gleiche Weise wie meins, als fünfzig Jahre später ein neuer Krieg begann und Belgrad zu einer anderen Stadt wurde, durch die – ohne Blumen oder Schokolade – ein anderes, verwirrtes Heer zog. Donald würde mir sicherlich empfehlen, das mit dem Werfen der Schokolade zu überprüfen, damit meine Story nicht auf wackligen Füßen steht. Nichts ist so zuverlässig wie die Geschichte, sagte er. Wir saßen im Restaurant auf der Flußinsel, fast in der Mitte des Parks. Zuvor hatte er mit einem liebenswürdigen Lächeln meine Absicht vernommen, die Bekenntnisse meiner Mutter zu einer Erzählung, vielleicht sogar, wie ich kühn eröffnete, zu einem Buch zu verarbeiten. Meine Kühnheit rührte von einem Gefühl der Einsamkeit, eigentlich von der Tatsache her, daß ich das Schreiben schon immer mit der Einsamkeit verband und daß ich nun, nach zwei am Rande der Prärie hoch im Norden verbrachten Jahren, nichts weiter hatte als mich selbst. Donald machte mich darauf aufmerksam, daß der Glaube, ein Schriftsteller schreibe, um sich vor der abgrundtiefen Einsamkeit zu retten, ein Trick der Schriftsteller selbst sei und natürlich auch der Literaturkritiker, die dem rein Handwerklichen die Aura einer übermenschlichen Leistung zuschreiben möchten. Das Schreiben, sagte er, sei die Suche nach dem richtigen Verhältnis zwischen dem Wirklichen und dem Unwirklichen. Wann immer man diese feine Balance nicht finde, werde das Schreiben zu einer fruchtlosen Propaganda, gleich, ob es um ein Übermaß an Wirklichkeit wie im Sozialistischen Realismus oder um eine Anhäufung von Unwirklichem wie im Magischen Realismus gehe. Deshalb sei es übrigens so schwer, über die Historie zu schreiben, denn sie entsetze uns mit ihrer Allumfassendheit und locke uns mit all jenen Möglichkeiten, die vorstellbar wären. Ein schlechter historischer Roman, sagte er, sei in einem Tag niedergeschrieben, indem man, da ja die geschichtlichen Ereignisse, die man schildere, längst Vergangenheit geworden seien, gemütlich in einem lauschigen Zimmer sitze und seine Helden mit der übernatürlichen Gabe ausstatte, all das zu wissen, was sie im richtigen Leben, in der *wirklichen* Historie keineswegs wissen konnten. So wie ich nicht weiß, ob alle Schriftsteller so schön reden können wie Donald. Würde ich nicht schreiben, besser gesagt, würde ich nicht ein Buch über meine Mutter schreiben wollen, so würde ich bestimmt ein Buch über Donald verfassen. Manchmal bedaure ich, daß Donald nicht bei mir ist, und zwar nicht nur wegen der Schokolade unter den deutschen Stiefeln. Aber selbst als mir dieser Gedanke einmal in seiner Anwesenheit durch den Kopf ging, wagte ich nicht, ihn über meine Lippen zu bringen. Es ging dabei nicht nur um die Achtung, besser gesagt die Ehrfurcht, die ich vor einem Schriftsteller empfinde, so wie wir innerlich vor Personen erzittern, die etwas vermögen, was sich uns immer wieder entzieht, sondern da war auch das Gefühl, daß die Stimme meiner Mutter, vor allem jetzt, da sie tot ist, nur mir gehört auf jene intime Art, auf die uns beispielsweise der Besuch am Grab einer geliebten Person gehört. Meine Mutter wäre damit vermutlich nicht einverstanden gewesen. Wenn du mir nachtrauern willst, pflegte sie oft zu sagen, dann tue es zu meinen Lebzeiten; wenn ich tot bin, wird mir das gleichgültig sein. Aber als mein Vater starb, war ihre Trauer echt. Wie alle Witwen ging sie regelmäßig zum jüdischen Friedhof in Belgrad, wischte Staub, zupfte das Unkraut, wusch den Grabstein und legte Steinchen auf ihn, aber in ihren Augen war kein Glanz mehr, die Flinkheit hatte sich aus ihrem Körper verabschiedet, ihre Hände ruhten immer in ihrem Schoß, und wenn ich sie im Schlafzimmer antraf, das nicht mehr ihnen beiden, sondern nur noch ihr gehörte, sah ich, daß sie einfach geschrumpft war. Während wir im Wohnzimmer saßen und sie trotz meiner Mahnungen den Kopf hartnäckig weit weg vom Mikrophon hielt, erkannte ich das noch nicht: Die Wunde war noch frisch, der Schmerz unerfahren, die Abwesenheit so real, daß sie sich eher wie Anwesenheit ausnahm. Schließlich sagte sie: »Ich stand am Fenster und beobachtete, wie die Menschen sich veränderten.« Ich fragte sie, wie sie das sehen konnte. »Sie gingen aufrechter, sprachen lauter, ihre Rücken strafften, ihre Schultern hoben sich. Als wir in Belgrad ankamen, liefen die Menschen dort zumeist mit gesenkten Häuptern, alleine oder paarweise, und flüsterten. Jedesmal, wenn die Kinder lachten, mußte ich sie zurechtweisen.« Ich erwähnte die Angst. »Auch der Rabbiner fragte mich danach«, sagte sie, »als ich zu ihm ging und ihn bat, mich zum jüdischen Glauben übertreten zu lassen. Sehen Sie denn nicht, was los ist, fragte er mich, haben Sie denn keine Angst? Das war im Jahre 1938. Die Kinder sollten endlich erfahren, was und wer sie sind, sie sollten endlich ihre Großeltern sehen. Nichts anderes hatte ich im Sinn.« Sie nahm ihr Taschentuch und putzte sich die Nase. Auch ich nehme mein Taschentuch und putze mir die Nase. Der sture bosnische Kopf, sagte mein Vater von ihr, aber mit Zärtlichkeit, so wie man »Mausi« oder »Pussi« sagt. Es war allerdings etwas Wahres daran, so wie es stimmte, daß er einen nachgiebigen jüdischen Kopf hatte und Rückzieher zu machen pflegte, nicht um die Flinte ins Korn zu werfen, sondern um einen neuen Weg zu finden, während sie dasaß und wartete, bis sie ihr Vorhaben durchgesetzt hatte. Ihr erster Ehemann stammte aus einer orthodoxen aschkenasischen Familie. Er war wahrscheinlich ein Linker, obwohl sie das nie gesagt hatte, vielleicht sogar ein Kommunist. Er schloß mit meiner Mutter, die damals nicht meine Mutter war, eine bürgerliche Ehe, was zu jener Zeit, wie mir viel später jemand gesagt hat, im ganzen damaligen Jugoslawien nur an zwei Orten möglich war. Seine Eltern, die wie alle echten Juden besonderes Geschirr für den Sabbat und für die Feiertage hatten, konnten sich damit nicht abfinden. Sie weigerten sich so lange, ihre Kinder zu sehen, bis meine Mutter in das rituelle Bad eingetaucht war und ihnen die mit dem Siegel des Belgrader Rabbiners versehene Bescheinigung vorlag, wonach sie nicht mehr Mara beziehungsweise Marija, sondern Mirjam hieß. Die Kanonen donnerten bereits, Hitler schluckte ein Stück Europa nach dem anderen, aber meine Mutter wurde Jüdin, um, wie sie einmal sagte, die Dinge ins reine zu bringen. Ich stoppe das Tonbandgerät und gehe in die Küche, suche die Dose mit den Keksen, setze Wasser für Kaffee auf. Vielleicht ist meine Äußerung über die politische Einstellung des ersten Mannes meiner Mutter ungerecht. Hat er denn nicht dem jüngeren Sohn als zweiten Namen Aleksandar gegeben? Der erste war ein jüdischer Name, aber der zweite war zweifellos eine Huldigung an den gleichnamigen König, was den ersten Ehemann meiner Mutter eher als einen Anhänger des Jugoslawentums denn als einen Befürworter der Linken oder der Kommunisten auswies, für die der König so wichtig war wie der Schnee von gestern. Das, dieser Schnee von gestern, war einer der Lieblingsausdrücke meiner Mutter. Ihre Sprache war eine Mischung aus Sprichwörtern und Sprüchen, aus Volksweisheiten und Zitaten aus Volksepen, aus belehrenden Sentenzen und dörflichem Scharfsinn. Als ich das Donald erzählte, meinte er, daraus könne man einen Stil schaffen. Der Schriftsteller, das sei der Stil, sagte er, und wenn jemand keinen Stil habe, dann tue er nichts anderes, als in kalter Asche herumstochern. Das Wasser kocht, ich gieße es in die Tasse mit dem Instantkaffee. Ich fragte Donald, wie man zu einem eigenen Stil kommt. Ich war nicht sicher, ob ich das richtige Wort benutzt hatte; vielleicht wird ein Stil erfunden, vielleicht muß man um ihn kämpfen, oder ihn vielleicht erobern? Wir saßen im Restaurant auf der weiten und flachen Flußinsel und sprachen halblaut, wie Verschworene. Donald winkte nur ab. Solange ein Schriftsteller über den Stil nachdenke, sagte er, habe er keinen eigenen. Erst wenn er aufhöre, über den Stil nachzudenken, dämmere ihm möglicherweise, was ein Stil sei, und erst wenn der Stil die völlige Herrschaft über ihn habe, könne er wirklich zu schreiben beginnen. Ich traute meinen Ohren nicht. Wenn Donald im Recht war, woran ich nicht zweifelte, dann erzählen sich die Geschichten von selbst. Indes wußte ich noch immer nicht, was ein Stil ist. Ich kehrte nach Hause zurück, schrieb auf ein Stück Papier: »Der Stil: finden und werden«, und befestigte es mit einem Magnetknopf am Kühlschrank. Dort verlor es sich schnell in der Menge der Notizen, die ich aufbewahrte. Das waren Ankündigungen von Lesungen, Stellenanzeigen, Ausschnitte, die ich meinen Bekannten zukommen lassen wollte, Mitteilungen über die Art der Berechnung und der Bezahlung von kommunalen Diensten, Flugblätter mit Adressen von Müllsammel- und Entsorgungsstellen. Mutter hätte so etwas nicht geduldet. Jahrelang lief sie hinter uns her, hob die Sachen auf, die wir im Haus herumliegen ließen, und legte sie in die Schränke. Das schmutzige Geschirr hatte bei uns noch nie im Spülbecken übernachtet. Die Bettwäsche war stets gestärkt und gebügelt. Die Hemden hatten scharfe Kanten. Die Strümpfe verwandelten sich in umgestülpte Bälle, die ordentlich in den Schubladen lagen. Wenn die Reihe an das silberne Tablett kam, polierte sie es mit Ausdauer, bis auch der letzte dunkle Fleck verschwunden war. Vergebens protestierte meine Schwester und behauptete, eine Ordnung in ihrer Unordnung zu haben. Mutter bückte sich, hob das Buch, das Heft, die Bluse, den Handschuh auf. Von dem Augenblick an, wenn sie um sechs Uhr morgens aufstand, bis sie sich, spätestens um zehn Uhr abends, wieder hinlegte, hörte sie nicht auf zu arbeiten. Sie setzte sich immer als letzte an den Tisch, stand als erste auf, räumte die Teller, das Besteck, die fettigen Servietten weg, kratzte die Reste zusammen, wischte den Tisch ab. Nichts davon blieb in mir. Vielmehr, nichts davon ist in mir. Seitdem ich hier bin, laufe ich umher wie eine leere Muschel, wie eine Schnecke, aus der das Rauschen eines nicht existierenden Meeres klingt, ich trage meine Kleider wie eine sehr schwere Last, biege mich in Windböen, staune darüber, die Kraft zu besitzen, die Tasse Kaffee in der Hand zu halten. Ich stelle sie auf den Tisch neben das Tonbandgerät. Ich war nicht damit zufrieden, wie Mutter ihre Geschichte begann, versuchte aber nicht, mich einzumischen. »Wir besuchten sie am ersten Feiertag, der kam«, sagte sie. »Ich kann mich nicht mehr erinnern, ob es am Laubhüttenfest oder an Chanukka, oder vielleicht am Passahfest war, aber sie haben beide geweint. Sie umarmten die Kinder, die ebenfalls zu weinen anfingen, dann trockneten sie die Wangen, zunächst die der Kinder, dann die eigenen. Mich haben sie nicht ein einziges Mal angeschaut. Als der Krieg ausbrach, lehnten sie es ab, zusammen mit uns nach Serbien zu gehen. Sie sagten, man würde sie in ihrer Wohnung in Ruhe lassen, Greise wie sie brauche niemand. Sie schauten mich auch weiterhin nicht an, nicht einmal als sie die

Hände zum Abschied ausstreckten, selbst dann war ihr Blick woandershin gerichtet, zum Boden oder auf die Kindergesichter. Aber wir waren noch nicht in Belgrad angekommen, da waren sie schon in Listen eingetragen, die die Ustaschas über die Juden anlegten. Dann begann man auch in Belgrad solche Listen zusammenzustellen, die Menschen nach Banjica, nach Topovske šupe, zum Messegelände abzutransportieren. Am Anfang half Geld, mehr noch Gold, Diamanten ebenfalls. Später half nichts mehr.« Du bist wieder eine Serbin geworden, sagte ich. Ich kann nicht glauben, daß ich so etwas gesagt haben soll, aber ich hatte es gesagt, kein Quietschen verrosteter Achsen kann es nun ungeschehen machen. Mutter sah mich an. Wenn ich schreiben könnte, würde ich bestimmt diesen Blick beschreiben. Sie sagte: »Nein, ich hatte nie aufgehört, eine Serbin zu sein, so wie ich damals auch nicht dem jüdischen Glauben abschwor. Im Krieg ist das Leben ein Dokument. Du bist das, was auf dem Papier steht, und in allen meinen Papieren stand auch weiterhin, daß ich Serbin war. Ich meldete mich und die Kinder als serbische Flüchtlinge aus dem unabhängigen Staat Kroatien an. Man schickte uns nach Kruševac, genauer in eines der umliegenden Dörfer. Die Jungen rief ich nur mit ihren zweiten, serbischen Namen, ich zog ihnen unauffällige Kleider an und brachte ihnen bei, sich zu bekreuzigen. Auch andere Juden taten das. Wir schwiegen, verrichteten die Arbeiten, die uns unsere Gastgeber auftrugen, schliefen, wo sie uns das Schlaflager anwiesen. Niemand verlangte etwas vom Leben, das Leben allein war genug, die Milch am Morgen, der Maisbrei am Abend, etwas

Käse tagsüber. Wir standen auf und legten uns schlafen und standen wieder auf.« Auch ich stehe auf. Auch mein Leben besteht aus Aufstehen und Schlafengehen und wieder Aufstehen. Sosehr ich mich auch bemühe, es gelingt mir nicht, es anders zu gestalten, nicht einmal Donald kann mir da helfen. Mutter sagt: »Manchmal ist das Wenige soviel, daß es besser ist, nicht nach mehr zu verlangen.« Noch ein Satz, dessen Sinn ich erst jetzt vollständig begreife. Mutter hustete. Die Membran im Mikrophon hielt das nicht aus, das Kontrollämpchen fing an, hektisch zu flimmern wie ein Herz, das stillzustehen droht. Ich höre mich selbst fragen, ob sie ein Glas Wasser möchte. Sie holte ein weißes Taschentuch aus dem Ärmel ihrer schwarzen Bluse hervor und schnäuzte sich. »Das kommt alles von den Tränen«, sagte meine Mutter. Ich war mir nicht sicher, was sie meinte. Ich bot ihr an, wir könnten aufhören. Die Achsen quietschten, die Antriebsriemen ächzten. So klang die Stille, in der wir beide auf ihre Antwort warteten. Damals dachte ich zum erstenmal daran, aufzugeben. Ich betrachtete ihr Gesicht und wiederholte stumm für mich: Du tust ihr weh. Vielleicht hätte ich diesen Satz aussprechen sollen. Die Stimme jedoch, sagte Donald, das sind nicht die Worte, die Stimme ist die Onomatopöie der Worte, die wirkliche Sprache hört man nicht, sie erklingt nur innerlich. Das wußte ich damals nicht, als wir im Zimmer saßen, in dem noch alles an Vater erinnerte. Zu jener Zeit schrieb ich lange Gedichte in kurzen Versen, die niemand veröffentlichen wollte, in denen ich die Unbestechlichkeit der Natur und die Genauigkeit der Dinge pries. Die Geschichte meiner Mutter, die Geschichte über meine Mutter, sollte alles ändern. Als wir mit der Aufnahme fertig waren, packte ich die Bänder in die Pappschachteln und legte sie in das Bücherregal, aus dem ich sie, wenn ich vom Anstreichen absehe, nie mehr herausgeholt hatte, bis ich mich vor zwei Jahren entschloß, wegzugehen. Das Schreiben, oder besser gesagt der Gedanke an das Schreiben, verflüchtigte sich so wie tausend andere Dinge. Immer fing ich etwas an, brachte es aber nie zu Ende. Nicht einmal eine Gedichtsammlung brachte ich zustande, weil ich mich weder für die Reihenfolge noch für den Titel entscheiden konnte. Mutter war da anders. Was du heute kannst besorgen, das verschiebe nicht auf morgen, pflegte sie zu sagen. Wenn es galt, Geschirr zu spülen, spülte sie es; wenn eine Pitta gebacken werden sollte, war sie schon im Ofen, bevor einer von uns auch nur mit der Wimper gezuckt hatte. Wäre sie nicht so gewesen, wäre Vater, nachdem er aus dem Lager zurückgekehrt war, vermutlich untergegangen wie ein Stein im Wasser. Mutter aber packte an, schob, zog sich selbst aus jedem Dreck heraus. Falls man Verluste vergleichen kann, so waren sie bei den beiden gleich: Vaters erste Frau und deren Kinder wurden in einem Lager in Niš ermordet, Mutters erster Mann wurde erschossen, und ihre Kinder sind bei einem Eisenbahnunglück umgekommen. Aber während mein Vater immer zurückschaute, schritt meine Mutter vorwärts. Der Schmerz ist da, um weh zu tun, sagte sie, daran ist nichts zu ändern. Vater lächelte nur; hätte sie ihn nicht gestützt, wäre er bestimmt zusammengebrochen. »Ich will weitermachen«, sagte Mutter. Ich nahm meine Hand von den Bedienungsknöpfen des Tonbandgeräts. »Aber ich will nicht vom Haß sprechen. Ich habe nie jemanden gehaßt. Das Unglück kommt, wann es ihm beliebt, dagegen kann man nichts tun.« Sie führte das Taschentuch wieder zur Nase, zu den Augenwinkeln. »Hätte Gott es anders gewollt, wäre alles anders gekommen. Der Mensch schreitet auf einem Weg zu der Stelle, wo ein neuer Weg beginnt. Da gibt es keine Kreuzung und kein Zurück. Als Belgrad befreit wurde, war für uns der Krieg zu Ende. Es blieb uns nur noch, nach Hause zu gehen, aber ich wußte nicht, wo das Zuhause war. Vier Jahre lang lebte ich in einem fremden Haus, und mein einziger Gedanke war, einen Platz zu finden, den ich mein eigen nennen könnte. Zuerst fuhr ich allein nach Belgrad. Ich nahm einen Kanister Schweineschmalz und einen kleinen Sack Mehl mit – man konnte nie wissen, ob man es nicht brauchte. Manchmal lagen noch getötete Soldaten auf den Bürgersteigen. Es gibt nichts Schrecklicheres, als über einen toten Menschen zu springen, aber ich konnte nicht immer um sie herumgehen. Alle diese Toten waren jung, selbst die mit Vollbart. Ich kehrte ins Dorf bei Kruševac zurück und sagte zu den Kindern: Wir gehen nach Hause. Sie dachten, ich meinte Zagreb, aber ich meinte nichts Bestimmtes. Ich wußte nicht einmal, ob es Zagreb noch gab, aber selbst dann wäre ich nie mehr dorthin zurückgekehrt. Dort, wo man dir einmal die Liebe verwehrt hat, wird man dich nicht wieder lieben, dort hat man dich wahrscheinlich auch vorher nicht geliebt. Ich versuchte nicht, das den Kindern zu erklären, denn jeder hat Anspruch auf seine Liebe.« So war es auch: Allen Verlusten zum Trotz gingen nur Worte der Mahnung über ihre Lippen. Die Historie war eine Summe von Tatsachen, die Gefühle hatten damit nichts zu tun, und jeder mußte sich ihnen stellen: der Historie, den Tatsachen und den Gefühlen. Es gibt keine allumfassende Erkenntnis, keine vorgeschriebene Einsicht, keine fertige Lehre darüber, wie die Welt beschaffen ist; die Einsicht und die Lehre muß jeder für sich entdecken. Das waren nicht ihre Worte, das ist nur mein Versuch, ihr Wesen zu definieren. Allerdings ein jämmerlicher Versuch. Als mein Vater starb, begriff ich, daß wir über die Menschen, die uns am nächsten stehen, am wenigsten wissen. Deshalb wollte ich Mutter dazu bewegen, von ihrem Leben zu erzählen. Als sie zwölf Jahre später starb, mußte ich mir jedoch eingestehen, daß sich an meinem Unwissen über diejenigen, die mir am nächsten stehen, nichts geändert hatte. Zwar habe ich die beiden in ihren letzten Tagen im Krankenhaus oder in unserer Wohnung entblößt gesehen, ich trug sie, wischte ihren Urin und Kot weg, zog sie um, berührte die verschrumpelten Hoden und die verwelkten Brüste, aber das war nur der Körper, die Hülle, der für die menschliche Seele unentbehrliche Schutzpanzer. Wenn ich schreiben könnte, wenn ich mich literarischer Anspielungen zu bedienen wüßte, könnte ich dieser Blöße alles mögliche zuschreiben, sie in eine Beziehung zur Tradition bringen oder ihr eine universelle Bedeutung andichten. Unsinn, hätte meine Mutter gesagt, es gibt keine universellen Bedeutungen, jeder ist nackt wie eine Pistole, jeder unter dem Himmelszelt zittert um sich selbst. Selbst wenn das nicht ihre Worte sind, Donald würden sie gefallen, dessen bin ich mir sicher. Donald lernte ich kennen, gleich nachdem ich nach Kanada gekommen war, ganz zufällig, wie man gewöhnlich sagt, obwohl das der reinste Unsinn ist, denn nichts ist zufällig, so auch das nicht. Ich kam in eine Buchhandlung und fragte den Verkäufer nach einem Buch, das am treffendsten die Schwankungen der kanadischen Seele beschriebe. Donald hielt sich gerade in derselben Buchhandlung auf, hörte mein Anliegen und kam dem verdutzten Verkäufer zu Hilfe, lobte mein ungewöhnliches Verhältnis zur Literatur, und so, Wort für Wort, lud er mich zu einem Bier ein. Donald ist Schriftsteller, das habe ich wahrscheinlich schon gesagt, aber ich muß es wiederholen, um den Drang zu unterdrücken, dasselbe auch von mir zu behaupten. Ich bin kein Schriftsteller. Die Gedichte, die ich früher schrieb, hat niemand gelesen, sogar ich habe aufgehört, sie zu lesen, obwohl ich den Ordner mit der unvollendeten Sammlung aufbewahrt habe. Ich nehme an, daß die Poesie eine genaue Absicht verlangt oder einen scheinbar ungenauen Umweg, der genau zu der Absicht führt. Das hat mir schon immer gefehlt. Daher bin ich als Leser eher den Schriftstellern zugeneigt, deren Absicht unklar ist, oder mehr noch solchen – und das sind meiner Meinung nach die besten –, die überhaupt keine Absicht verfolgen. In dieser Hinsicht war meine Mutter eine Dichterin und mein Vater ein Erzähler. Im richtigen Leben war Mutter beides. Als wir klein waren, las sie uns, meiner Schwester und mir, oft vor, sie rezitierte Heldenepen, sang Sevdalinkas, korrigierte unsere Hausaufgaben. Als wir größer wurden, zog sie sich zurück. Nein, damals noch nicht. Sie wachte über uns wie die Mamen aus den jüdischen Witzen, sie lenkte unsere Entscheidungen, bestimmte unsere Kleidung. Die Geschenke, die wir zu Geburtstagen bekamen, waren immer praktisch: Vujaklijas *Fremdwörterbuch* zum Beispiel oder die *Kleine Enzyklopädie* von Prosveta. Aber als wir anfingen, über Kinderlieben hinaus zu lieben, zog sie sich wirklich zurück. Jeder ist seines Glückes Schmied, sagte sie. Nur einmal hielt ich einen Schmiedehammer in der Hand und wußte, während ich meine Muskeln vergebens anstrengte, daß ich es nicht schaffen würde, etwas zu schmieden. Deshalb sitze ich auch hier, im Norden, und sehe zu, wie mein Leben zusammenschrumpft und zischt wie glühendes Eisen im Wasser. Ich hoffe, daß dieser Vergleich nicht hinkt, daß das glühende Metall in der eisigen Glut des kanadischen Winters nicht versagt. Hier hakte Donald ein: Schreibst du über die Wüste, darfst du mit keinem Wort den Glanz der Fischschuppen erwähnen. Genauso redete meine Mutter, erwiderte ich. Wir saßen im Restaurant auf der Flußinsel, tranken Bier und knabberten Erdnüsse. Die Kellnerin kam und goß uns frischen Kaffee in die Tassen nach. Zwei mal zwei ist vier, sagte Donald, aber es ist unglaublich, wie viele Menschen das nicht rechnen können. Meine Mutter hätte ihm beigepflichtet. Sie wußte immer, wie viel Geld sie in der Manteltasche, wieviel sie in der Handtasche und wieviel sie in einer Schublade im Schlafzimmerschrank hatte. Vater brachte das Gehalt nach Hause, und sie führte die Haushaltskasse. Nie habe ich mir das zu eigen gemacht, weder die Geschicklichkeit des Verdienens noch die Kunst des Ausgebens. »Dann setzte ich mich mit den Bauersleuten zusammen«, sagte Mutter, »zog einen Schlußstrich, machte die Abrechnung und teilte ihnen mit, daß wir weggehen würden. Sie boten mir an, zu bleiben, solange wir wollten, aber ich war schon nicht mehr dort. Der Krieg war zu Ende, wenigstens dort, und seitdem war alles anders. Wenn man keine Wahl hat, dann sitzt man still und wartet, aber wenn sich Möglichkeiten eröffnen, dann muß man sich entscheiden. In einem Tag packte ich unsere Sachen zusammen, aber es sollten noch mindestens vier oder fünf Wochen vergehen, bevor wir für die Abreise wirklich bereit waren. Ich fuhr in der Zwischenzeit nach Belgrad, versuchte Freunde ausfindig zu machen, ging zur jüdischen Gemeinde, blätterte in den ersten Verschollenenlisten. Die innere Leere, die ich während der Kriegsjahre unterdrückt hatte, als würgte ich eine Schlange, offenbarte sich mit jedem wiedererkannten Namen. So viele Menschen hatten sich in Vor- und Familiennamen verwandelt, zuweilen mit dem Anfangsbuchstaben des Vaternamens dazwischen, daß mich manchmal Scham darüber überkam, daß ich noch am Leben war. Es war Ende Dezember, der letzte Tag im Jahr. Als wir zum Bahnhof mußten, wollten sich die Ochsen nicht einspannen lassen. Der Bauer brüllte sie an, drosch mit der Peitsche auf sie ein, aber sie rührten sich nicht von der Stelle. Die Jungen saßen auf groben Decken still einander gegenüber. Damals sah ich sie zum letzten Mal wirklich.« Sie verstummte. Ich dachte, gleich wird sie nach dem Taschentuch greifen, aber sie saß nur da und starrte auf das Mikrophon. Auch jetzt erwarte ich, Schluchzen oder Weinen zu hören, obwohl ich weiß, daß kein Laut kommen wird. Vielleicht gehört die Stille ebenfalls zum Stil? Deswegen tut es mir manchmal leid, daß Donald nicht dabei ist, obwohl mich gleichzeitig die Frage der Übersetzung beunruhigt, denn ohne daß ich ihm Mutters Worte übersetzte, würde er nichts verstehen, aber da eine solche Übersetzung den Inhalt des Vorangegangenen immer wieder verwischt, würde ich wiederum Mutter nicht richtig hören, so daß ich von dem, was sie sagt, nichts verinnerlichen würde. Unschlüssigkeit ist, vermute ich, jedem Neuankömmling eigen, wenngleich es Menschen gibt, die sie mit dem Sternzeichen, unter dem man geboren wurde, in Verbindung bringen. Über das letztere weiß ich nicht gut Bescheid, aber was das erstere anbetrifft, bin ich sicher, daß ich nie unschlüssig war, zumindest nicht in den Jahren vor dem Bürgerkrieg. Vielleicht sehe ich das aus so großer Entfernung in einem falschen Licht, vielleicht passe ich meine Erinnerungen den neuen Anforderungen an, aber ich weiß noch gut, mit welcher Bestimmtheit, mit welcher Sicherheit ich durch die Stadt lief. Hier gehe ich gebeugt und starre auf den Boden, immer auf die Stelle, auf die mein linker oder rechter Fuß treten wird. Als ich mit meiner Mutter in unserem alten Wohnzimmer saß, berührte ich mit dem Rücken immer die Rückenlehne des Stuhls, jetzt hingegen versuche ich erst gar nicht, sie zu finden. Ich glaube, Mutter saß auch so, immer unter Spannung, fast an der Kante, beinahe vornübergebeugt, während der Vater Sessel liebte und sich zu entspannen wußte. Wäre ich geschickter, könnte ich dieses Bild ausmalen, aber mir fehlen die Worte. Mir ist, als wäre ich geschrumpft, seitdem ich meine Sprache nicht mehr spreche. Wie viele Sprachen du sprichst, so viele Menschen bist du, sagte meine Mutter, obwohl sie selbst außer ihrer keine Sprache gut kannte. Ich rede von Sprachen, weil mir diese fremde ständig zu verstehen gibt, daß ich nicht hierhergehöre, daß ich unfähig bin, in ihr abstrakte Gedankengänge genau auszudrücken, und deshalb zu einer Welt der Substantiva und Zahlen, der Schlagzeilen und Etiketten im Supermarkt verdammt bin. Das größte Problem, zugleich aber auch die größte Attraktivität des Schreibens, sagte Donald, liegt darin, daß der Verfasser eigentlich immer über sich selbst schreibt. Ich wollte ihm nicht widersprechen, aber ich hätte darauf sagen können, daß kein Mensch sich selbst kennt, geschweige denn jemand anderen. »Als ich sie wiedersah, waren sie nicht mehr am Leben«, sagte Mutter. »Aber damals, vor der Abreise, während sie dasaßen, sah ich sie ganz klar so, wie sie waren, und zugleich so, als wären sie jemand anderes, als hätte jeder von ihnen zwei Gesichter. Irgendwie gelang es uns, die Ochsen einzuspannen, wir kamen zum Bahnhof und stiegen in den Zug. Im gleichen Abteil fuhr mit uns noch eine jüdische Familie. Auch sie kehrten nach Belgrad zurück. Auf einmal wird mein Leben weit, sagte die Frau. Ich sehe sie noch vor mir, wie sie diese Worte aussprach und dabei lächelte, als naschte sie an ihnen. Das erste, was mir, als ich nach dem Unglück aufwachte, in den Sinn kam, war dieser Satz: Auf einmal wird mein Leben weit. Als dann der Doktor in mein Zimmer trat, brauchte er mir nichts zu sagen. Ich wußte alles. Ich fragte nur, ob ich sie sehen dürfe. Sie wurden auf dem Friedhof in Velika Plana beigesetzt. Als ich vor ihren Grabsteinen stand, begriff ich die bittere Wahrheit der Worte, die die Frau in unserem

Zugabteil ausgesprochen hatte. Sie war am Leben geblieben, alle hatten überlebt, die einzigen Opfer waren meine beiden Söhne, und mein Leben wurde in der Tat weit, es näherte sich eigentlich seinem Ende und reduzierte sich auf einen Punkt, an dem es wohl oder übel weit werden mußte. Bis dahin aber lief ich wie eine Mondsüchtige durch die Straßen Belgrads.« In einem Pelzmantel, der für sie wie für viele andere Frauen der einzige handfeste Beweis dafür war, daß es einmal eine andere Zeit gegeben hatte. Der Pelzmantel und ein Fotoalbum waren alles, was ihr geblieben war. Vater hatte noch weniger, da er gleich zu Beginn des Krieges eingezogen und dann in ein Lager nach Deutschland verschleppt worden war; seine ganze Habe bestand aus einigen Dutzend Briefen, zwei dünnen Heften, in die er seine Tagebuchaufzeichnungen und die Gedichte von Vojislav Ilić eintrug, sowie aus drei, vier Fotos, offenbar denen, die er in die Gefangenschaft mitgenommen hatte. Mutter besaß auch noch ein Bündel wertloser jugoslawischer Geldscheine aus der Vorkriegszeit. Sie erlaubte uns nicht, sie zu vernichten, weil sie überzeugt war, die Dinge würden sich, wie sie sagte, einmal ändern müssen. Dabei dachte sie nicht an Politik, die interessierte sie nicht, sondern an die wirtschaftliche Lage. Diesen Satz, der zuweilen sogar wie eine Drohung klang, wiederholte sie, wann immer die Preise in den Geschäften verrückt spielten. Politik reduzierte sich für sie auf den Spruch: Auf einen Halunken folgt immer ein anderer Halunke; das System, in dem wir lebten, faßte sie in dem Satz zusammen: Die stecken alle unter einer Decke; sich selbst bezeichnete sie als »Pionier Franz Josefs«. Die letzte Feststellung habe ich nie ganz verstanden, war aber geneigt, von verschiedenen Auslegungen jene zu akzeptieren, nach der eine Person, die einmal am Kaiserreich Gefallen gefunden hat – meine Mutter war ja in der k.u.k.-Monarchie geboren –, in keiner anderen Staatsform mehr zufrieden leben kann. Wenn daran etwas Wahres ist, dann befand sich Mutter auf einem ständigen Abstieg: vom Kaiserreich über das jugoslawische Königreich vor dem Krieg und die angebliche Demokratie unmittelbar nach dem Krieg zum Einparteienkommunismus. Solche Sätze, so treffend sie auch eine Figur zu schildern vermögen, darf es in einem literarischen Werk nie geben, meinte Donald. Ich protestierte und behauptete, daß es dabei nicht um Genauigkeit gehe, sondern darum, etwas zusammenzufassen. Meine Mutter wurde unmittelbar vor dem Zerfall einer Monarchie und dem Entstehen eines neuen Staates geboren und hat vielleicht gerade deswegen ihr ganzes Leben lang nicht gewußt, wohin sie wirklich gehörte, was die schwierigste Form der Zugehörigkeit ist. Als ihr neues Land, Jugoslawien, im Zweiten Weltkrieg auseinanderfiel, konnte sie wie ein Obdachloser, der zu niemandem gehört, wenigstens einen Augenblick, wenigstens in meiner Vorstellung das Gefühl haben, endlich frei zu sein, denn die Freiheit ist am größten, wenn man niemandem gehört, so wie sie fünf Jahre später, als das Land wiederhergestellt wurde, das Gefühl haben konnte, die Macht der Geschichte sei schwächer denn je. Fünfundvierzig Jahre später sollte es sich als der größte Irrtum herausstellen, denn die Geschichte machte sich daran, in aller Ruhe zu vollenden, was sie ein halbes

Jahrhundert zuvor begonnen hatte. Donald konnte nicht viel mit dieser Feststellung anfangen, in der sich historische und grammatikalische Zeiten, Blut und Boden, Grenzen und Teilungen vermischten. Kurzum, sagte ich, als Jugoslawien zum zweitenmal zerfiel, konnte meine Mutter glücklich sterben, ohne das Gefühl, etwas verloren zu haben. Es gab nichts mehr: Mutter war ein Traum gewesen, der in einem fremden Traum gelebt hatte. Sie hatte nie etwas besessen, nie etwas bekommen, immer wurden ihr Dinge genommen, immer gab sie, immer verlor sie, und wenn sie sich am Ende ihres Lebens an etwas erinnern konnte, dann an die uneigennützige Liebe zweier Männer. Es waren eigentlich zwei getrennte und zugleich miteinander verbundene Lieben, wobei sich die erste in die zweite ergoß und die zweite in die erste mündete. Nur da konnte sie manchmal denken: Das wird mich beschützen. Ja, sagte Donald, aber was ist überhaupt die Liebe? Auf diese Frage war ich nicht gefaßt. Ich war eigentlich auf keine Frage gefaßt. Ich bin in dieses modische Restaurant auf der Flußinsel nur gegangen, um in Ruhe ein Bier zu trinken, und geriet dabei in die Lage, über das Wesen des menschlichen Lebens philosophieren zu müssen. Wenn ich gut schreiben könnte, würde ich den Zorn schildern, der mich in jenem Augenblick packte. Wenn ich schreiben könnte, würde ich ein Buch verfassen und nicht ständig Donald um Rat fragen. Donald ist Schriftsteller, vermutlich setze ich daher soviel Vertrauen in ihn. Das hätte meiner Mutter nicht gefallen. Im Unterschied zum Vater meinte Mutter immer, es sei besser, mißtrauisch als vertrauensselig zu sein, und während

Vater jeden mit offenen Armen empfing, konnte Mutter mit vor der Brust verschränkten Armen warten. Wenn ich zurückdenke, komme ich zum Schluß, daß sie immer so saß. Manche würden sagen: Sie ließ dadurch niemanden an ihr Herz heran. Es wäre jedoch besser zu sagen: Sie versperrte den Weg, der aus ihrem Herzen hinausführte. Wenn sie vor jemandem die Arme herunternahm, dann veränderte sich ihr Gesicht, dann konnte ich als Kind darin einen Glanz sehen. Wenn Kinder zu Erwachsenen werden, sehen sie nicht mehr, was sie als Kinder sehen konnten, sie beginnen sogar, daran zu zweifeln, aber das heißt nicht, daß es das, was sie einst sehen konnten, nicht mehr gibt. Eines Abends zum Beispiel, als ich neun war, saßen wir in der Dunkelheit vor dem Haus unserer Familie in einem langgestreckten bosnischen Dorf, da lag auf ihrem Gesicht ein heller Glanz. Ich dachte, es sei der Mondschein, aber als ich den Blick hob, sah ich nur dichte dunkle Wolken. Auch während der Tonaufnahmen zunächst im Wohnzimmer, dann im Schlafzimmer, einmal sogar in der Küche, hielt sie gelegentlich die Arme vor der Brust verschränkt. Sie sagte: »Ich haderte nicht, ich dachte nicht an das Ende. Ich war ruhig. Immer dachte ich, daß für das Sichweiten eine Leere dasein muß; aber wenn ich überhaupt etwas hatte, dann war es die Leere. Ich lief immer etwas vornübergebeugt, als schöbe ich diese Leere vor mir her. Dann begegnete ich deinem Vater. Er war gerade aus dem Lager gekommen, mager, schmächtig, in Kleidern, die die Amerikaner ihm gegeben hatten, mit stark gewelltem, graumeliertem Haar und eingefallenem Gesicht, in dem außer den Augen alles tot war. Am Anfang weinte er immerzu. Er legte seinen Kopf an meine Schulter und weinte jämmerlich schluchzend wie ein Kind, als risse sich etwas von ihm los. Getraut hat uns ein Rabbiner, nicht derjenige, der mich vor dem Krieg zum jüdischen Glauben geführt hatte, sondern ein anderer, ein vielleicht etwas jüngerer, obwohl man damals das Alter nicht nach dem Äußeren bestimmen konnte. Wer nicht in einem Lager gesessen hatte, war auf der Flucht gewesen oder hatte sich bei Freunden versteckt, ganz gleich, der Krieg hatte allen seinen Stempel aufgedrückt. Dann bestimmte man, dein Vater solle nach Peć gehen und im dortigen Krankenhaus als Frauenarzt arbeiten. Wir wurden im Haus einer türkischen Familie in zwei kleinen Zimmern im Obergeschoß untergebracht. Schon damals waren alle Häuser von hohen Mauern umgeben, und mir kam, während ich im flackernden Licht der Gaslampe saß, mein Leben wie ein jäher Sturz vor. Ich fragte mich ständig, ob ich mich nicht irrte, ob jene Frau aus dem Zug nicht vielleicht doch recht gehabt hatte, aber es gelang mir nicht, eine Spur dieser Weite zu finden. Zwei Jahre sollten vergehen, bis dein Vater eine Stelle im Krankenhaus von Ćuprija bekam, bis sich die ersten Einschnitte auftaten, die eine Öffnung andeuteten. Ich hatte die Geschichten aus serbischen und albanischen Mündern satt und wünschte nichts sehnlicher, als vom Kosovo wegzukommen. Dort, wo jede Stimme ein zweifaches Echo hat, kann es keine Wahrheit geben. Zur gleichen Zeit schien mir, als wäre ich noch nie so glücklich gewesen, denn deine Schwester wurde geboren, du wurdest geboren, so daß wenigstens der Körper einigermaßen friedlich wurde, und wenn der Körper zufrieden ist, ist auch die Seele ruhig.« Ich höre meine Stimme sagen, es wäre gut, für heute Schluß zu machen, sie sei bestimmt müde. »Ich bin nicht müde«, sagt Mutter. Meine Stimme sagt, sie sei es wohl doch. Ich höre Ungeduld heraus, wahrscheinlich hatte ich etwas vor. »Wenn es so recht ist«, sagte Mutter, »dann kann ich noch lange weitererzählen.« Ich sagte, es sei recht, aber ich müsse – da machte ich eine kleine Pause – das Band abhören, um neue Fragen vorzubereiten. Wahrscheinlich habe ich dabei auf das Stück Papier gestarrt, auf dem noch immer nur das eine stand: »Mutter: Das Leben«, allein die Anzahl der sechszackigen Sterne, die immer kleiner wurden und sich in der rechten unteren Ecke versammelten, war bedeutend größer geworden. Jetzt, in dieser kanadischen Stadt verabscheue ich meine Bereitschaft, jemanden zu belügen, der einige Tage zuvor den ihm liebsten Menschen zu Grabe getragen hatte; dort, in Zemun, war ich nicht einmal ins Stottern gekommen. »Gut«, sagte Mutter, und ich wußte, daß sie mir nicht glaubte. Mutter stand auf. Ich höre den Stuhl quietschen, dann das Parkett unter ihren Schritten knarren und die Zimmertür auf- und zugehen. Ich streckte die Hand aus und stoppte das Tonbandgerät. Jetzt höre ich wieder dieses Einrasten, den Augenblick, in dem das Tonbandgerät sich selbst aufnimmt, und das Band dreht sich weiter, ohne daß ein Laut zu hören ist. Das Quietschen, freilich, nicht mitgerechnet. Ich spule zurück, lasse das Band noch einmal laufen, spule wieder zurück. Die Fortsetzung von Mutters Geschichte befindet sich auf einem anderen Band, aber ich komme nicht dahinter, warum ich das erste Band nicht weiterbenutzte. Die Vergangenheit ist aus kleinen Handlungen zusammengesetzt, deren Sinn wir nicht erkennen. Das sind Donalds Worte, aber ich bin überzeugt, daß auch ich sie einmal ausgesprochen habe, und zwar noch vor ihm. Oft habe ich übrigens den Eindruck, gleichzeitig an mehreren Orten und zu verschiedenen Zeiten zu sein und immer dieselben Erlebnisse zu haben. Jemand, der schreiben kann, würde daraus eine gute Story machen. Donald meinte, eine gute Story brauche mehr. Er sagte nicht was, ich mußte es aus ihm herauslocken. Das Brechen des Herzens, sagte Donald, in jeder Geschichte muß ein Herz brechen, nicht nur aus Liebesschmerz, sondern wegen allem, was dem vorangeht, Leidenschaft zum Beispiel oder der Glaube. Wenn das Herz nicht bricht, sagte er, bricht die Story auseinander. Das mit der Story hat mir gefallen, obwohl ich mir nicht erklären konnte, wie es zu einem solchen Bruch kommt, was da bricht und wohin die Worte, egal ob englische oder serbische, verschwinden. Einst warnte ein Philosoph, der Mensch verfalle sehr leicht dem Irrglauben, er beherrsche die Sprache, dabei herrsche die Sprache über ihn, oder etwas in der Art. Das habe ich in den zwei Jahren in Kanada gespürt, vielleicht stärker als alles andere, denn nichts kenne ich so gut, nichts habe ich so klar erkannt wie die Macht der Sprache. Ich fühlte, wie die andere Sprache langsam von mir Besitz ergriff, wie sie mich ihren Erfordernissen unterwarf, wie ich zu einem anderen Menschen wurde. Deshalb stockte ich, als ich Mutters Stimme hörte, nicht weil ihre Stimme, wie man gewöhnlich sagt, aus dem Jenseits kam, sondern weil ich spürte, weil ich es wie einen realen Schmerz empfand, daß mich *meine* Sprache von meinen neuen Gastgebern entfernte und mich rasend schnell in meine ursprüngliche Gestalt zurückversetzte. Als ich Donald danach fragte, sagte er, solche Dinge sollten keinen Einlaß in eine Story finden. Jemand, der erkläre, nehme der Story etwas weg. Ich behauptete jedoch – ich weiß nicht, woher ich den Mut nahm –, daß eine Story alles sein könne, sogar die Abwesenheit einer Story. Wir saßen im geräumigen Restaurant auf der weiten Flußinsel, die, im Zentrum der Stadt gelegen, deren ganze Energie in sich aufsog. Deshalb gingen wir immer in dasselbe Restaurant, obwohl dies für Donald nur ein weiterer Ausdruck des europäischen Geistes war. Siehst du, sagte Donald, obwohl wir erst zum drittenmal hier sitzen, bin ich schon völlig vom dekadenten europäischen Gefühl durchdrungen, diesen Ort in Besitz genommen zu haben. Donald träumte von Europa so wie ein Europäer von Amerika träumt. Auch ich träumte einst von Amerika. Wer tat das nicht? Zu Mutter sagte ich, es wäre gut, wenn sie einen ihrer Träume erzählte. Sie lehnte das ab. Eigentlich sagte sie: »Den, von dem ich träume, ereilt Unglück.« Leise und fern, als stünde ich in der anderen Ecke des Zimmers, höre ich meine Stimme, wie sie nach näheren Erklärungen verlangt. »Alles geht in Erfüllung«, sagte Mutter. »Wenn ich von einer Krankheit träume, dann weiß ich, daß sie nicht mehr abzuwenden ist. Wenn ich von einer Person träume, dann steht sie am nächsten Morgen vor unserer Tür. Auch weiß ich immer, wann uns ein Brief ins Haus flattert.« Die einzigen Briefe von ihr bekam ich während meines

Militärdienstes in Banja Luka. In großen, schönen, gleichmäßig geneigten Buchstaben schilderte sie familiäre Ereignisse, hauptsächlich solche, die sich auf meinen Vater und meine Schwester bezogen, während sie sich selbst auf einen einzigen Satz über ihre Gesundheit reduzierte. Auch in den Briefen, die sie an die Verwandtschaft in Israel oder in Amerika schrieb, erzählte sie nichts von sich. Sie war eigentlich nur der Schreiber. Die Briefe hatte, tief in den Sessel versunken, die Augen geschlossen und die Hände über dem Bauch gefaltet, der Vater diktiert. Er hatte eine unleserliche Schrift, und ich bewunderte die Apotheker, die seine Rezepte lesen konnten. Auch seine Träume habe ich nicht erfahren. Unzählige Male wurden wir von seinen Schreien geweckt, und wenn wir dann ins elterliche Schlafzimmer stürmten, fanden wir ihn schluchzend in Mutters Armen. Er wollte uns nie sagen, wovon er geträumt hatte. Mutter erwähnte einmal den Aufenthalt im Lager, ein anderes Mal erzählte sie von seiner ersten Frau und den Kindern, die in Niš von den Deutschen ermordet worden waren, und später wiederum von seinem älteren Bruder, der in Šabac umgekommen war. Mehr konnte ich nicht verlangen. Ich verstummte und setzte mich nach den Geräuschen zu urteilen an den Tisch. »Aber man lebt nicht von Träumen«, sagte Mutter. »Von allem anderen kann man leben, aber nicht von Träumen. Meine verstorbene Tante, die Schwester meines Vaters, sagte mir, der beste Traum sei der, den man niemals geträumt habe.« Nichtsdestotrotz schnitt sie aus der *Politika* Artikel über Träume und deren Deutungen aus. Auch anderes schnitt sie aus: Kochrezepte, Anleitungen

für die Zubereitung verschiedener Getränke, kleine Ratschläge für den Haushalt, Tips für Frauen, hin und wieder eine Karikatur. Das alles bewahrte sie in Keksdosen
und Waffelschachteln im Wandschrank in der Diele auf
und wußte jederzeit, wo sich jeder dieser Zeitungsaus-
schnitte befand. Und nicht nur die Ausschnitte, sondern auch alte Nägel, Schrauben, Kordelstücke, durch-
gebrannte Sicherungen, Korken, Schlüssel, Drahtknäu-
el, alles hatte seinen Platz, seine Schachtel oder sein
Einmachglas in der Speisekammer oder in der Diele,
manchmal auch auf dem Balkon, und sie ging immer
zielsicher auf das eine Ding zu, das einer von uns haben
wollte. Als er das hörte, klatschte Donald in die Hände.
Einige Gesichter wandten sich uns zu. Das ist herrlich,
sagte Donald. Er meinte, meine Mutter sei eine ideale
Figur für einen dramatischen Text. An einen Roman solle man gar nicht denken, sagte er, weil ihre Geschichte
eine lineare, chronologische Erzählweise verlange oder
aber eine Art inneren Monolog, heute jedoch bestünden
Romane, selbst Krimis, aus Fragmenten oder kämen
verkleidet, etwa als Wörterbuch oder wissenschaftliches
Handbuch, daher, und sosehr jede Biographie im Grunde fragmentarisch sei, werde eine solche Form *ihrem* Leben nicht gerecht. Ich gab ihm recht. Wenn ich jemals
über sie schreiben sollte, sagte ich zu Donald, dann werde es ein Theaterstück. Donald freute sich und bestellte
noch ein Bier. Mutter sagte: »Einmal fragte ich die
Schwester meines Vaters: ›Wie werde ich diesen Traum
erkennen?‹« Das dumpfe Klopfen kommt vermutlich
von meinen Fingern, mit denen ich auf die Tischplatte
trommelte. »Ich würde ihn erkennen, erwiderte sie, so-

bald ich anfinge, ihn zu träumen.« Dann brach meine Mutter in Tränen aus. Sie suchte nach ihrem Taschentuch, holte es aus dem Blusenärmel, wischte sich die Augen und putzte sich die Nase, während ich dasaß und meine Fingerkuppen anstarrte. Jetzt hingegen kann ich nicht ruhig sitzen bleiben. Ich möchte am liebsten das Band anhalten, stehe aber nur auf, nehme die Tasse mit dem kalt gewordenen Kaffee und gehe zum Fenster. Fremdem Weinen zuzuhören ist peinlich, kein Blick aus dem Häuschen, in dem ich lebe, kann daran etwas ändern. Wäre das Abhören der Bänder nicht so wichtig für das Buch, das ich vielleicht einmal schreiben werde, ich würde sofort hinausgehen, wenigstens in den Hinterhof. Auch das habe ich von ihr geerbt, dieses Pflichtgefühl, das sich selbst dann einstellt, wenn die Pflicht unliebsam und die Aufgabe unangenehm ist. Beim Militär war ich deshalb bei den Vorgesetzten beliebt und bei den Soldaten verhaßt. Ich lief durch die Kaserne in Banja Luka, und es gefiel mir, mich als eine Fackel vorzustellen, als die Flamme einer Gaslaterne in der Abenddämmerung: Die einen zog ich an, die anderen stieß ich ab, die einen wärmte, die anderen versengte ich. Das Problem war, daß ich für meinen Gehorsam keine Gegenleistung erwartete. Einmal sagte ich zu meinem Vater: Wärest du nicht Jude, dann wärest du ein sehr guter Christ. Dasselbe dachte ich manchmal auch von mir, vor allem während des Militärdienstes. Ich trug ein Maschinengewehr und war bereit, wenn nötig, auch zwei zu schultern. Aber seit der Bürgerkrieg begann, finde ich es geschmacklos, von dieser Zeit, von dieser »Militärparodie«, wie Donald sie treffend nennt, zu sprechen. Bis dahin fand ich es lustig, daß ich zehn Monate lang ein Maschinengewehr ohne Schlagbolzen, das heißt einen unnützen Haufen Eisen, mit mir herumgeschleppt hatte, aber seit Mai 1991, wenn ich mich nicht im Datum irre, finde ich diese Tatsache tragisch und mache mir, selbstverständlich in angemessenem Ausmaß, Vorwürfe wegen der Dinge, die sich später ereigneten. Wäre ich damals geschickter oder hartnäckiger oder zumindest weniger gehorsam gewesen und hätte ich darauf bestanden, daß die Waffe in Ordnung gebracht würde, vielleicht wäre es zu all dem nicht gekommen. In diesem kleinen Schaden hätte ich den Spalt erkennen müssen, der alles gefährden konnte. Schließlich bewahrheitete sich das, denn der Spalt wuchs zu einem Abgrund, in den der gesamte Staat stürzte. Aber Mitte der siebziger Jahre, als ich beim Militär war, sah ich in dieser Fehlleistung eines Systems, das eigentlich tadellos funktionieren sollte, ein paradiesisches Geschenk für einen jungen Mann, der an dieses System nicht glaubte und somit in die Lage kam, ein Soldat ohne echte militärische Merkmale zu sein. Beim Militär träumte ich vielmehr die ganze Zeit, ich wäre ein Bäcker, dessen Waffen das Mehl und der breite hölzerne Brotschieber sind. Ich schrieb meinen Eltern davon und bekam von meiner Mutter einen Brief, in dem sie mir in ihrer großen gleichmäßigen Schrift schrieb, daß man beim Militär Soldat, in der Backstube Bäcker, am Strand Schwimmer und im Garten Gärtner zu sein hat. Ich fand nicht heraus, von wem dieser Satz stammte. Vom Vater bestimmt nicht, weil seine Gedanken präziser waren und sich gegen jegliche Wiederholung sträubten. Mutter konnte mit Rhythmen umgehen, mehrere aus Volksmärchen geklaubte Sätze miteinander verflechten, viele Eigenschaftswörter aneinanderreihen, den Satzbau auf den Kopf stellen, Geschichten erzählen. Stundenlang saßen wir um sie herum unter dem Geflecht aus Weinreben, verzaubert und gebannt, bis die Dunkelheit unsere Gesichter vollkommen auslöschte. Nirgendwo habe ich eine so dichte Finsternis erlebt wie damals in Bosnien. Donald war der Meinung, ich übertriebe und suchte in jedem Ding ein Symbol oder eine Deutung für das, was in Jugoslawien geschah. Wir saßen auf der Terrasse des Restaurants, das fast in der Mitte der großen Insel lag. Wir räumten Bierflaschen, Gläser, Untertassen und Tassen mit Kaffee beiseite, stapelten sie auf die Stühle und breiteten auf dem Tisch eine Europakarte aus. Ich hatte vorgehabt, eine Karte des Balkans zu bringen, aber nur eine Europakarte auftreiben können. Ich hatte über zwanzig Minuten warten müssen, bis die ältliche Japanerin, die Inhaberin des kleinen Buchladens im nahen Einkaufszentrum, sie gefunden hatte. Die Frau hockte zwischen Ordnern und Kartons mit Landkarten und wiederholte, sie sei sicher, eine neue Europakarte mit den Grenzen der neuen Staaten zu haben, aber die Splitter der Welt verlören sich leicht in der Menge, vor allem wenn man all die Veränderungen der letzten Jahren bedenke, über die sie, sagte sie noch immer in der Hocke, nicht gut Bescheid wisse. Dafür aber wisse sie nur zu gut, daß sie bei einigen Landkarten an die zweihundert Dollar verloren habe, weil niemand sie mehr kaufen wolle. Keiner will mehr Landkarten kaufen, sagte Donald, weil das Fernsehen den Menschen vollkommen genügt. Die meisten wüßten nicht, wie viele Kontinente es gebe und wo die lägen, weil das Universalwissen paradoxerweise nicht in unsere Zeit passe, in der das Regionale dominiere. Die Menschen hier, sagte Donald, scheuten unnötiges Wissen, der enzyklopädische Geist sei ein Geist der Vergangenheit. Amerikaner oder Kanadier wüßten nur das, was sie brauchten, darin sähen sie den Sinn der Bildung, beziehungsweise sei Wissen für sie etwas, das ihnen im Alltag eine praktische Stütze biete. Unsere Köpfe berührten sich fast über der ausgebreiteten Landkarte. Mich beschlich das unangenehme Gefühl, daß Donald nichts von dem verstanden hatte, was ich ihm zu erklären versuchte. Sein Blick folgte meinem Finger. Manchmal unterbrach er mich, gelegentlich berührte er selbst die Landkarte, aber ich wußte, daß er sich hinter seiner kanadischen Liebenswürdigkeit versteckte und eigentlich nichts verstand. Nie, nicht einmal in England, habe ich so viele höfliche Floskeln und so viele Dankesbekundungen erlebt wie in Kanada. Wenn ich drei oder vielleicht fünf Dinge nennen müßte, die mir, seit ich hier bin, am schwersten gefallen sind und noch immer schwerfallen, dann ist die Gewöhnung an die übertriebene Liebenswürdigkeit eines davon. Nichts macht einem soviel Angst wie die Güte, nichts ruft größeres Mißtrauen hervor als das Lächeln. Donald hielt dies für Gedanken eines vereinsamten Menschen, er meinte, die Einsamkeit nehme einem manchmal etwas, statt zu geben, und führe einen auf Irrwege. Meine Mutter warf mir hingegen stets Unsicherheit vor. Sie war überzeugt, die hätte ich von meinem Vater geerbt. Ihr hätte es nie passieren können, sagte sie, daß sie in einen Laden ginge, egal ob in eine Lebensmittelhandlung oder ein Stoffgeschäft, ohne genau zu wissen, was sie kaufen wollte. Sie ging hinein, nahm, bezahlte und ging hinaus, während er neben der ausgelegten Ware stehenblieb, unentschlossen, unsicher, ob man der Qualität des Stoffs oder der Aktualität des Musters den Vorrang geben solle. So saß auch Donald neben meiner Landkarte, unentschlossen und unsicher, erdrückt von der Fülle der Namen und der geschichtlichen Daten, mit denen ich ihn überhäufte. Anders meine Mutter, die gefaßt weinte. Ich weiß nicht, ob man das so sagen kann, ob man gefaßt weinen kann, aber weder damals bei der Aufnahme noch heute beim Abhören habe ich versucht festzustellen, wie lange es gedauert hat. Ich konnte nicht mit Bestimmtheit sagen, weswegen sie weinte, aber ich war sicher, daß es das erste Mal war, daß sie so vor jemandem weinte. Vermutlich hat mich neben dem Respekt vor dem Schmerz, der aus ihr strömte, genau das daran gehindert, das Tonbandgerät abzuschalten. Mutter weinte und schluchzte immer leiser, und ich starrte auf meine Fingerkuppen und auf das Muster der Tischdecke. Ich wagte nicht einmal, die Hand zu heben und mich oberhalb der Augenbraue zu kratzen. »Wir können weitermachen«, sagte Mutter. Ich sah sie an. Einmal versuchte ich, Donald zu beschreiben, was ich in ihrem Gesicht gesehen hatte, aber es war ein Flop. Je länger ich Donald davon erzählte, um so weniger gelang es mir. Was mir bei Donald, als ich nach Kanada kam und ihn kennenlernte, als der Schimmer eines Verstehens vorgekommen war, erwies sich mit der Zeit als die Unfähigkeit, vom Allgemeinen zum Einzelnen überzugehen, an die

Stelle des globalen Verständnisses die Erfassung von Details treten zu lassen. Während wir uns über Kroaten, Serben und Muslime, über Partisanen, Ustaschas und Tschetniks unterhielten, nickte Donald immerzu. Er wußte, was Osten und was Westen war, er wußte auch, welche Großmächte im Zweiten Weltkrieg gegeneinander angetreten waren, aber solche Inselchen wie das ehemalige Jugoslawien, wo die historischen Ebenen sich überlappen und dem Hauptstrang der Ereignisse entziehen, verwirrten ihn vollends. Und wenn die Menschen hier, auf dem nordamerikanischen Kontinent, etwas verwirrend finden, verfallen sie augenblicklich in Gleichgültigkeit. Ich blieb jedoch hartnäckig. Wenn ich schreiben könnte, sagte ich zu Donald, würde ich mich hinsetzen und ein Buch verfassen, aber da ich es nicht kann, bin ich gezwungen zu reden. Gut, sagte Donald. Er schaute auf meinen Zeigefinger, der den Balkan herunterfuhr, so wie ein Stock durch den Schlamm gleitet. Wenn du diesen Weg, sagte ich zu ihm, diesen Abstieg, der real und symbolisch zugleich ist, nicht begreifst, und auch den anderen, den inneren Weg nicht verstehst, auf dem der Mensch, während alles um ihn herum zerfällt, sich bemüht, ganz zu bleiben, indem er sich ständig prüft und von einer Identität zur anderen überwechselt, dann wirst du weder diese Frau, meine Mutter, begreifen können noch alles andere, was diesen Teil der Welt ausmacht. Und wenn sich auch nur ein einziger Teil der Welt unserem Verständnis entzieht, entzieht sich ihm zugleich die ganze Welt. Ich legte meinen Zeigefinger auf einen schwarzen Punkt. Hier in Zagreb, sagte ich, ist sie zunächst eine Serbin, später eine Jüdin, aber in jedem Fall eine Fremde, eine zweifach Fremde, wenn man das so sagen kann, und dennoch fühlt sie, daß sie da hingehören könnte. Als nach dem Einmarsch der Deutschen die Ustaschas an die Macht kamen, brachte sie ihrem ersten Mann, der mit anderen Juden die Straßen reinigen mußte, in einem Henkelmann das Mittagessen. Während sie wartete, daß er aufaß, merkte sie, wie sich zwischen sie und die Welt ein undurchsichtiger Vorhang schob. Sie wurde wieder zur Serbin und machte sich zusammen mit ihrem Mann und ihren beiden Söhnen auf den Weg nach Serbien. Zunächst ging sie nach Derventa, sagte ich und ließ meinen Zeigefinger die Save flußabwärts bis zu einem kleineren Punkt hinuntergleiten. Das war ihr erster Schritt auf dem Weg nach unten. Ich vermute, sagte ich, daß sie schon damals, als sie den Kindern einschärfte, niemandem zu erzählen, daß sie Juden seien, nicht mehr genau wußte, was sie eigentlich war. Sie glaubte, dort, in der Nähe ihres Heimatortes bleiben zu können, aber wegen der Ustaschas, die sie einige Tage in ein Lager sperrten, fuhren sie weiter nach Belgrad. Mein Zeigefinger wanderte wieder saveabwärts. In Belgrad kamen sie bei Verwandten ihres Mannes im Dorćol-Viertel unter. Ich versuchte erst gar nicht, Donald zu erklären, was Dorćol ist, damals wenigstens nicht, obschon ich ihm einmal eine grobe Skizze von Belgrad und Zemun und der Mündung der Save in die Donau gezeichnet und dabei ganz sicher die Stelle markiert hatte, wo Dorćol lag. Ihr Mann wurde wieder zu Zwangsarbeit in ein Lager gesteckt, und Mutter stieg weiter hinab, nach Kruševac, in immer größere Finsternis, in den ebenfalls immer größer werdenden Schlund des Krieges. Ich bin überzeugt, daß sie damals als jemand anderes gelebt hat, natürlich nicht unter einem anderen Namen, sondern so, als lebte sie gleichzeitig an zwei Orten, wobei sie sich von dem einen aus beobachtete. Sie wußte nicht, wer wen beobachtete; sie lief nur herum, berührte die Hühner und ein Hündchen und fragte sich, ob das Leben noch einmal, wenigstens für kurze Zeit, wie einst werden würde. Dann, nach dem Krieg, nach einigen in Belgrad verbrachten Jahren, als es aussah, als würde es trotz der Ruinen und der verschwundenen Sachen und der verlorenen Menschen für sie aufwärts gehen, stürzte sie tief hinab nach Peć. Wenn wir uns dort nicht so gut mit den Šiptaren verstanden hätten, sagte sie einmal, hätten wir niemals jene große Finsternis überwunden. Vielleicht hat das der Vater gesagt, ich bin mir nicht mehr sicher. Der Krieg war andernorts zu Ende, aber dort, im Kosovo, das spürte sie im Leib und an der neuen Frucht darin, fing er erst an. Die Mauern waren hoch, die Eingangstore niedrig, die Fenster vergittert. In Belgrad wurden sie von einem Rabbiner getraut, es war nicht derjenige, der Mutter vor dem Krieg zum jüdischen Glauben übertreten ließ, sondern ein anderer, jüngerer, obwohl man das bei den Rabbinern nie genau weiß, sagte ich zu Donald, weil ihre Gesichter vor lauter Lesen verschrumpelt sind. Als ich dann geboren wurde, brachte man mich zum Beschneiden nach Priština, wo die letzte Gemeinde der Kosovojuden immer kleiner wurde. Donald unterbrach mich. Zunächst faßte er mich sanft am Zeigefinger. Dann sagte er, ich dürfe so nicht sprechen, die Story über Mutter solle die Story über Mutter und nicht über

mich oder irgend jemand anderen sein, am allerwenigsten aber über mich. Dabei hielt er die ganze Zeit meinen Zeigefinger fest. Ich täte das immer, sagte ich ihm,
ich redete immer über mich, wenn ich von jemand anderem erzählen wolle. Donald lockerte den Griff und
schüttelte den Kopf. Aber mit Mutter war es anders:
Wenn sie schwieg, schwieg auch ich, wenn sie redete,
hörte ich zu. Jetzt, während ich zum Tisch in meinem
Zimmer zurückkehre, bedauere ich, daß ich ihr nicht
mehr Fragen gestellt habe, daß ich sie allein nach den
Fäden zwischen den Splittern des Lebens habe suchen
lassen. Aber damals hatte ich Angst, einen Fehler zu
machen, und machte den Fehler, ihr Bedürfnis nach Verständnis, besser gesagt nach mehr Verständnis, nicht zu
erkennen, das sie sich, ohne es je zuzugeben, nach dem
Tod meines Vaters gewünscht hatte. Als der Vater starb,
blieb eigentlich auch in ihr etwas stehen. Als könnte sie
es nicht mehr ertragen, Schicksalsschläge einzustecken
und die Gräber zu zählen. Das sind Erläuterungen, sagte Donald, laß sie doch selber sprechen. Da spürte ich
zum erstenmal Leidenschaft bei ihm. »Gut«, sagte Mutter, »wir kamen nach Ćuprija. Ich kam dorthin zurück,
wo ich die Kriegsjahre verbracht hatte, nicht gerade in
denselben Ort, aber ziemlich nahe dabei, das sind doch
dieselben Menschen. Dein Vater arbeitete im Krankenhaus, hatte auch eine Praxis zu Hause, ging zweimal in
der Woche zur Ambulanz nach Paraćin, wo er Ausscha-
bungen vornahm. Er kam immer spät abends mit blau-
en Lippen nach Hause, und ich schimpfte mit ihm, weil
er sich während der Kutschfahrt nicht sorgfältiger in die
Decke gewickelt hatte. Er schwieg, er schwieg immer,

aber wir lebten nie mit Geheimnissen. Ich breitete mein ganzes Leben vor ihm aus, und sein Leben lag vor mir. Jeder hatte seine Verluste. Er hängte das Bild seiner Kinder an die Wand, ich trug das meine im Portemonnaie. Er hatte nur wenige Fotos, wahrscheinlich die, die er bei Ausbruch des Krieges mitgenommen hatte, und ich schleppte die ganzen Jahre über zwei dicke Alben mit mir herum, als wollte ich auf diese Weise das frühere Leben retten. Manchmal blätterten wir gemeinsam in ihnen, zunächst nur er und ich, später auch ihr beide, deine Schwester und du. Aber darüber wollte ich gar nicht reden. Ćuprija ist eine Kleinstadt, da gab es eine parteipolitische, aber auch eine andere Hierarchie, man wußte von jedem, was er war, und ein Arzt war eine angesehene Person, nicht so wie heute. Wären wir 1961 in Israel geblieben, wo man ihm eine Stelle angeboten hatte, wäre vielleicht alles anders gelaufen. Es war absurd, daß ausgerechnet ich ihm klarzumachen versuchte, wo seine richtige Heimat war. Aber nein, er wollte in Serbien bleiben. Übrigens hatte er sich auch schon vor dem Krieg als einen Serben mosaischen Glaubens bezeichnet. In Serbien, sagte er, habe er einst alles gehabt, danach habe er alles verloren, dann habe er wieder alles erworben, und darum wolle er hier bleiben, wo er auch das besitze, was er nicht mehr habe.« Ich halte das Tonbandgerät an, recke mich, stehe auf, mache zwei, drei Schritte, spanne meine Muskel an und lockere sie. Einst liebte ich es, auch einen Blick aus dem Fenster zu werfen, aber damals lebte ich in einem mehrstöckigen Haus an einem Platz, und jedesmal, wenn ich hinausschaute, geschah draußen etwas: Eine Frau überquerte die

Straße, ein Hund stand auf dem Bürgersteig, die Baum-
kronen schaukelten im Wind, die Autos blinkten in der
Abenddämmerung. Ich bedauerte immer, daß ich nicht
gut genug schreiben konnte, um diese Begebenheiten,
die sich tagtäglich ereigneten, aufzuzeichnen. Aber hier,
das nicht dasselbe »hier« ist, das Mutter meinte, gibt es
keine Begebenheiten, es gibt nichts zu sehen, die ganze
Stadt ist eine Peripherie, es gibt kein richtiges Zentrum,
keine Plätze, nur Straßenkreuzungen und Supermärkte.
Das Leben ist unsichtbar. Obwohl ich schon seit fast
zwei Jahren in diesem Haus wohne, habe ich noch keinen einzigen Nachbarn kennengelernt. Ich sehe des öf-
teren ihre Hunde – eher Hündchen als Hunde –, manchmal trete ich absichtlich an den Zaun, um sie zum Bel-
len zu bringen, aber die Nachbarn tauchen nie auf. Die
dicke Frau, die einmal Wäsche aufhängte, konnte irgend
jemand sein, die Waschfrau zum Beispiel oder eine Ver-
wandte aus Manitoba. Wenn ich aufstehe, liegt die Zeitung schon im Briefkasten. Der Briefträger kommt am
Vormittag, wenn ich bei der Arbeit bin. Alle zwei Monate hinterläßt der Angestellte der Gasgesellschaft einen
Zettel mit der Aufforderung, ihm einen Zettel zu hinterlassen mit der Mitteilung, wann er den Zähler able-
sen könne. Samstags mittags, manchmal auch an den
Wochentagen abends, kommen Zeugen Jehovas. Einmal
versuchte ein Mann, mir Lose einer Wohltätigkeitslotte-
rie zu verkaufen, und eine Frau mit Baseballmütze bot
mir kostenlose Proben an, falls ich bereit sei, für eine
Umfrage Auskunft zu geben, welche Fertigsuppen und
Gewürze ich in meiner täglichen Ernährung benutzte.
Wir tauschten ein liebenswürdiges Lächeln aus, dann

machte ich langsam die Tür zu. Mein Vater hingegen hätte das nicht so strenggenommen. Für ihn war das Leben das, was gegeben ist, was man nicht vermeiden kann, was man akzeptieren muß. Damals sah ich darin ein Zeichen der Kraft, die aus der Tragödie erwachsen war. Damals wußte ich, anders als heute, nicht, daß eine durch eine Tragödie entstandene Wunde nie verheilt beziehungsweise daß manche Leere nie ausgefüllt wird. Meine Mutter hätte wahrscheinlich dasselbe gesagt. Erst jetzt weiß ich, wie zerbrechlich die beiden waren, wie schmerzlich sie jedesmal mein Weggehen empfanden, mit dem nicht Wunden, sondern eine Leere aufgerissen wurde, die Worte nicht füllen konnten. Vielleicht ist es immer so, wenn man die Eltern verläßt, vielleicht hinterläßt auch der kleinste Verrat denselben Eindruck, aber das lindert mein Schuldgefühl nicht. Donald wurde wieder wütend. Ihr Europäer, sagte er, seid richtige Tölpel, ihr stellt euch immer vor, das Leben bestehe aus Sammeln, so wie man Briefmarken für das Album zusammenträgt. Wer sammelt hier schon Briefmarken? Greise. Ich genoß seine Wut. Sie half mir, mich wenigstens eine kurze Zeit in dem Glauben zu wiegen, daß ich doch von Menschen mit Gefühlen umgeben sei, statt vor der übertriebenen Liebenswürdigkeit zu zittern, die bestimmt eines der drei oder vielleicht fünf Dinge war, an die ich mich, seit ich in Kanada lebte, am schwersten gewöhnen konnte. Mutter zeigte nie ihren Zorn. Sie behielt ihn für sich, bis er zum Schmerz und schließlich zur Gallenkolik wurde. Am nächsten Morgen betrat sie dennoch als erste die Küche, machte Feuer im Herd, ging die Zeitung, Brot und Milch holen, obwohl sie tiefe Ringe unter den Augen hatte. Die hatte sie auch, als sie im Wohnzimmer vor dem Mikrophon saß, obwohl ich sicher bin, daß der Schmerz nicht der gleiche war. Ich drücke den Knopf am Tonbandgerät. »Wir wohnten in der Villa eines Vorkriegsindustriellen«, sagte Mutter. »Wir sollten deren Untermieter sein, aber sie waren eigentlich unsere Untermieter. Sie bewohnten ein Zimmer, wir alle übrigen. Die Küche teilten wir miteinander. Es war mir schlimm, durch ein Haus zu gehen, das nicht mir gehörte, als zwackte ich mit jedem Schritt jemandem ein Stück Brot ab. Auch später in Zemun, während wir darauf warteten, daß das Haus fertig wurde, in dem uns eine Wohnung, diese Wohnung, versprochen worden war, als wir in provisorischen Zimmern wohnten, ließ mich dieses Gefühl nicht los. Aber davor, in Ćuprija, merkte ich etwas anderes. Ich merkte, daß die Menschen hart geworden waren, daß keiner dem anderen traute, daß es kein Mitgefühl mehr gab. Das gab es wirklich nicht. Das Leben war gespalten in die Zeit vor dem Krieg und in die Zeit ohne die Zeit. Jedesmal, wenn wir ins Kino gingen, kam ich benommen heraus. Dein Vater hielt mich fest, und ich berührte dein Haar und das Haar deiner Schwester und danach das meine. Irgendwo weit weg, außerhalb der Finsternis gab es eine unendliche Welt, das war unerträglich. Dein Vater lächelte nur, er hatte mich fest untergehakt und grüßte die Passanten zurück, während meine Knie zitterten. Heute kann man das vielleicht nicht begreifen, vielleicht begreife ich es auch selbst nicht mehr, aber damals hatte ich den Eindruck, daß das Leben nie mehr das Leben sein würde. Ich ging einmal im Monat die Gräber meiner Kinder besuchen. Dort, allein, am Rand des Friedhofs wußte ich nicht, was ich tun sollte, zu welchem Gott ich beten oder bei welchem ich mich beklagen sollte, ob ich Kerzen anzünden oder Steinchen auf die Grabsteine legen sollte. Am Ende tat ich beides. Hätte ich von etwas Drittem gewußt, hätte ich auch das getan, denn wo ist der Unterschied? Wenn es von Herzen kommt, ist es gut; wenn nicht, dann gibt es keine Kerze, die nicht erlöschen, und kein Steinchen, das nicht zerfallen wird. Was wollte ich eigentlich sagen? Können wir für einen Augenblick unterbrechen?« Ich höre meine Stimme, verstehe aber die Worte nicht. Mir kommt in den Sinn, daß so die Stimme eines Mannes klingen muß, der unter dem Tisch hockt, wo ich mich aber ganz sicher nicht befand. »Gut«, sagte Mutter und stand auf. Sie stieß mit dem Arm gegen den Tisch, oder mit dem Knie, vielleicht mit dem Arm und dem Knie, denn da sind zwei dumpfe Schläge. Noch einmal höre ich meine Stimme und wieder verstehe ich die Worte nicht. Donald würde darin weiß Gott welche versteckte Bedeutung sehen. Ich lege ein Ohr an den Lautsprecher des Tonbandgeräts und versuche Mutters Schritte, das Auf- und Zugehen der Tür oder wenigstens das Reiben ihrer Handflächen zu hören, mit denen sie ihren vom Sitzen zerknitterten Rock glattstreicht. Ich vernehme nur das Piepsen der Gummibänder, aber ich weiß, wie viele Schritte sie aus dem Wohnzimmer in die Diele und schließlich in die Küche machen muß. Dort konnte ich mit geschlossenen Augen durch die ganze Wohnung laufen, ohne etwas zu berühren. Hier, wo der Raum trotz der Enge des Hauses nie ganz mein geworden ist,

stoße ich dauernd gegen irgend etwas, suche die Licht-
schalter da, wo sie nicht sind, bücke mich, wenn ich
mich aufrichten soll, stoße die Türe auf, statt sie zu ziehen, biege ab, wenn ich geradeaus gehen muß. Die Spulen drehen sich, das Band ist gespannt. Ich bin müde.
»Mir brauchst du nichts von Müdigkeit zu erzählen«,
sagt Mutter. Verdutzt starre ich auf das Tonbandgerät.
Nichts deutete darauf hin, daß wir weitergemacht hatten, daß sie aus der Küche zurückgekommen, daß ein
neuer Tag angebrochen war. Ein Zufall, würde Donald
mit einem selbstbewußten Lächeln sagen, aber er würde
mich nicht überzeugen. Ich weiß, was ich ihm antworten würde: Daß nichts zufällig geschieht, auch nicht,
daß meine Mutter sechzehn Jahre später auf einen Gedanken von mir antwortet, den ich nicht ausgesprochen
habe. Donald würde abwinken. Ihr Europäer, würde er
sagen, glaubt immer, das Leben sei mehr, als das, was
man sieht, und hinter jedem Spiegel befinde sich eine
Parallelwelt. Nein, würde ich erwidern, wir meinen nur,
daß nicht jede Fläche durchsichtig ist und daß man gelegentlich dahinter schauen sollte, damit man erfährt,
was in der Tiefe verborgen liegt. Aber, o Schreck, ich
spreche schon im Plural von mir, als säße auf dem harten Stuhl im Restaurant auf der Flußinsel eine ganze
Kompanie und nicht ein einzelner Mensch. Donald sah
darin einen weiteren Beweis für den Unterschied zwischen den Amerikanern und den Europäern. Der Amerikaner sei immer nur ein einzelner, immer allein, meinte Donald, der Europäer aber, vor allem wenn er aus
dem östlichen Europa stamme, sei immer ein Teil einer
Menge. Ich wollte dazu nichts sagen, ich muß ja nicht

auf alles eine Antwort parat haben. Wenn ich schreiben könnte, dachte ich, würde ich mich jetzt hinsetzen und einen Brief verfassen, in dem ich ihm einige Dinge verdeutliche, etwa den Dünkel der Amerikaner und die Reife der Europäer, etwa die Realität unserer Geschichte und das Pathetische ihres Seins in der nie endenden Gegenwart, etwa unser Gefühl für das Ganze und ihren Hang zum Detail, etwa die Bereitschaft der Amerikaner zu nehmen und unsere Neigung zu geben. Aber du solltest nicht darüber schreiben, sagte mir Donald, als ich ihm – vielleicht am gleichen Nachmittag – meine Absicht vortrug. Ich weiß nicht, wie oft ich es wiederholen muß, sagte er, wenn du keine Story hast, dann gibt es sie eben nicht. Ich war sicher, daß er das bis dahin noch nie gesagt hatte, zumindest nicht mit diesen Worten. Deine Story dreht sich um deine Mutter, sagte Donald, deine Story ist die Mutter, alles andere ist das Dreschen von leerem Stroh. Meine Mutter hätte ihm bestimmt recht gegeben. Sie war der Meinung, die meisten Menschen sprächen, nur um zu reden, kaum jemand schwiege und nur ganz wenige könnten wirklich etwas sagen. Wie oft passierte es mir als Kind und als junger Mann, daß ich die Tür zum Wohnzimmer aufmachte und dort meine Eltern schweigend vorfand: Der Vater las in einem seiner Fachbücher oder unterstrich Zeilen in medizinischen Zeitschriften, Mutter häkelte oder strickte, nähte Knöpfe an oder stopfte Strümpfe. Manchmal schälte sie Äpfel und schob ihm die weißlichen Scheiben zu. Sie konnte einen Apfel so in einem Zug schälen, daß die Schale wie eine Spirale über dem Tellerchen wippte. Ohne den Blick von seinem Text zu heben, nahm der

Vater die angebotenen Apfelscheiben und führte sie zum Mund. Früher glaubte ich, daß sie sich nichts zu sagen hätten, später meinte ich, daß sie schwiegen, damit sie nicht zuviel redeten, jetzt aber bin ich überzeugt, daß sie nicht mehr an die Worte glaubten. Vielleicht, weil ich jetzt auch selbst nicht mehr an die Worte glaube wegen der Leichtigkeit, mit der wir uns selbst in die anderen hineinprojizieren, als existiere die ganze Welt nur in uns, nur in einem selbst. Aber manchmal schreibe ich alles meiner Müdigkeit zu, einer mich immer mehr ergreifenden Stumpfheit, die jede Spitze durch eine Rundung ersetzt und aus einem Würfel einen Zylinder macht. »Mir brauchst du nichts von Müdigkeit zu erzählen«, wiederholte Mutter. Auch damals, etwa zwanzig Tage nach Vaters Beerdigung, wurde ihr Gesicht nicht weicher, die Augenringe waren auch weiterhin dunkel, die Kiefermuskeln zitterten unter den runzeligen Wangen. »Erst als wir nach Ćuprija zogen«, sagte sie, »begann ich mit dem Gefühl aufzuwachen, ich könne aufstehen, wann immer ich wolle. Bis dahin, insbesondere während des Kriegs, hatte ich gedacht, ich würde nie mehr ausruhen, ich würde immer weiter so laufen, als trüge ich etwas in den Händen, als laste etwas auf meinen Schultern. Aber dann in Ćuprija sagte mir eine Zigeunerin, ich würde mich so fühlen, solange ich meine Toten mit mir schleppte. Die Toten sind tot, sagte sie, daran ist nichts zu ändern. In den Karten sah sie, daß ich einem großen blonden Mann begegnen, und aus dem Kaffeesatz las sie heraus, woran ich später leiden würde: an Krampfadern, am Herzen und an den Gelenken. Alles hat sie erraten, nur den Blutdruck sah sie nicht. Sie sagte noch, ich müsse öfter ruhen. Die Müdigkeit quillt dir aus den Augen heraus, sagte sie. Sie las die Zukunft auch aus Bohnen, aber ich mochte ihr nicht mehr zuhören. Vier Jahre lang, den ganzen Krieg hindurch, hatte ich mich danach gesehnt, einmal auszuschlafen, aber erst als wir nach Ćuprija kamen, schien das endlich möglich. Dein Leben ist durchgeschnitten, sagte mir die Zigeunerin, als wäre jemand mit dem Messer zugange gewesen. Ich gab ihr einige Dinar, ein paar Eier, einen Laib Brot und einen alten Schal. Mein Leben war wirklich durchgeschnitten und klaffte wie eine offene Wunde. Wahrscheinlich fühlte ich mich deshalb so müde, so als strömte dauernd Blut aus mir heraus. Wenn du dich beim Rasieren geschnitten hast, nimmst du den Alaunstein, fährst damit drüber und fertig, aber für diesen Schnitt gab es kein Heilmittel. Zunächst dachte ich, nur die Menschen änderten sich, aber dann begriff ich, daß sich die ganze Welt änderte und daß sie nie wieder dieselbe sein würde, obwohl ich mir das nie eingestehen wollte. Vielleicht war ich so müde eben wegen dieser Weigerung, die wirkliche Wunde zu sehen, mir einzugestehen, daß es eine Wunde gab und daß das Messer nicht nur einmal, sondern immer wieder zugestoßen hatte. In Zagreb sah ich die Deutschen, in Derventa verhörten mich die Ustaschas, in Belgrad saßen die Ljotić-Leute, in Kruševac traf ich auf Tschetniks, später tauchten die Partisanen auf, und in Peć sah ich, wie Balisten abgeführt wurden. Noch heute weiß ich nicht, woher die alle kamen und wo sie gesteckt hatten, bevor der Krieg ausbrach. Mag sein, daß das mit der Müdigkeit nichts zu tun hatte, aber als mich in Ćuprija die UDBA-Leute verhörten, ertrug ich das nicht mehr. Jemand hatte uns angezeigt, wir hätten im Haus Goldstücke versteckt. Das stimmte natürlich, aber wenn ich sie schon vor allen anderen gerettet hatte, wollte ich sie denen nun auch nicht geben. Die Goldstücke waren im Schweinestall unter dem Futtertrog versteckt. Alles stellten sie auf den Kopf, aber sie fanden sie nicht. Während sie im Haus und im Hof herumliefen, hielt ich dich in den Armen. Gegen Mittag fingst du an zu quengeln, es war Zeit, dich zu stillen. Ein UDBA-Mann, ich sehe ihn noch vor mir, groß und blond, so wie die Zigeunerin ihn beschrieben hatte, verlangte, ich solle dich auswickeln. Ich legte dich auf den Tisch und öffnete die Windeln. Wärest du nicht so mager gewesen, hätten sie noch vermutet, du hättest die Goldstücke verschluckt. Sie standen um den Tisch herum und schauten zu, wie du mit den Beinchen strampeltest. Deinem Vater, der kreidebleich geworden war, zitterten dermaßen die Knie, daß seine Haare auf und ab tänzelten. Hätte er nicht meinen Zorn gefürchtet, er hätte sie sicher zu den Schweinen geführt. Er war so gut, Gott hab ihn selig, daß er das Böse nicht zu erkennen vermochte. Wenn Sie meinen, ich hätte sie zwischen meinen Brüsten versteckt, sagte ich zu ihnen, können Sie auch da nachsehen. Ich griff zum obersten Knopf meiner Bluse, da wurde der blonde UDBA-Mann rot und lief hinaus. In diesem Augenblick fiel die ganze Müdigkeit von mir ab, und in der Nacht schlief ich zum erstenmal gut. Die Zigeunerin hatte recht: Was das Messer abgeschnitten hatte, war weg.« Sie verstummte, streckte die Hand nach dem Glas und trank einen Schluck Mineralwasser.

Ich höre deutlich, wie sie schmatzt und sich die Lippen ableckt. Mein Vater war Arzt und hantierte mit dem Skalpell, sagte ich zu Donald, aber meine Mutter schlachtete das Geflügel auf dem Küchenbalkon. Donald war entsetzt. Wie für die meisten Kanadier war auch für ihn die Sorge um die Tiere manchmal wichtiger als die Sorge um die Menschen. Als ich ihm erzählte, daß wir als Kinder den kopflosen Hühnern nachrannten, hat er sich fast übergeben. Als ich ihm, während wir uns über die Landkarte beugten, von dem Gemetzel erzählte, das die Ustaschas angerichtet hatten, winkte er nur ab. Manchmal dachte ich wirklich daran, ihn zu verprügeln. Ich übertreibe natürlich, weil ich mich nie, nicht einmal als Junge, mit anderen gerauft habe. Geriet ich gelegentlich in eine Keilerei, bezog ich immer Schläge. Meine Mutter wischte mir das Blut vom Gesicht und sagte, ich hätte als Mädchen auf die Welt kommen sollen. Obwohl mein Vater und sie sich einen Jungen gewünscht hätten, meinte sie, ich wäre als Mädchen glücklicher geworden. Dann müßte ich, sagte sie, während sie ein breites kühles Messer auf meine Beulen drückte, wenigstens nicht in den Krieg. Nichts konnte sie von ihrer Überzeugung abbringen. Sie selbst würde vielleicht nicht noch einen Krieg erleben, meinte sie, aber keine Generation könne ihren Lebensweg vom Anfang bis zum Ende gehen, ohne daß Bomben auf sie fielen. Als der neue Krieg begann, war sie jedoch noch am Leben, und ohne sich den Schlachtfeldern zu nähern, wurde sie sein Opfer. Sie litt vor dem Fernsehschirm, auf dem zunächst zurückhaltend, dann immer ungehemmter die Bilder zerstörter Städte gezeigt wurden. Als in Nordbosnien, in der Nähe ihres Geburtsortes die Kämpfe zwischen den Resten der ehemaligen jugoslawischen Armee und den neuen muslimisch-kroatischen Formationen begannen, legte sie sich ins Bett und stand nicht mehr auf. Nachts, wenn ich sie aufdeckte und ihr das von Schweiß und Urin getränkte Nachthemd auszog, packte sie mich an den Handgelenken, preßte die Augen zu, versuchte, ihre Blöße zu verbergen, und wiederholte: »Nein, nein!« Hätte sie gewußt, wie sehr ich mich schämte, hätte sie sich das sparen können. Ich hob ihren Kopf, dann ihren Rücken, dann die Hüften und strich das frische Nachthemd glatt. Morgens, wenn ich mit einer Tasse Tee und den Medikamenten das Zimmer betrat, vermied sie es, mir in die Augen zu schauen, so wie ich nachts im spärlichen Licht der Tischlampe bestrebt war, ihren Bauch, ihre Schenkel, ihre verklebten Schamhaare nicht zu sehen. Wenn man von jemandem sagen kann, daß er im richtigen Augenblick gestorben ist, sagte ich zu Donald, dann von ihr, denn sie verschied, bevor die Geschichte, die sie ein für allemal für beendet hielt, wieder im vollen Glanz erstrahlte. Falls Glanz, sagte ich zu Donald, das richtige Wort ist, wenn man von der Geschichte spricht. Lieber würde ich von Finsternis sprechen. Donald drohte mir nur mit dem Finger. Er hatte natürlich keine Ahnung davon, was die Geschichte ist, sosehr er auch bemüht war, sie mir zu erklären. Auf dem nordamerikanischen Kontinent weiß eigentlich niemand, was die Geschichte ist, und am Ende des zwanzigsten Jahrhunderts, jetzt, da die Zukunft beginnt, ist auch niemand an ihr interessiert. Auch mich interessiere sie nicht, sagte ich in demselben

Restaurant über die Landkarte gebeugt, weil ich sie, sagte ich zu Donald, am Werk gesehen hätte. Ich fuhr mit dem Zeigefinger auf der Landkarte von Belgrad bis Banja Luka den Weg entlang, den ich im Frühjahr 1994 zurücklegte und wonach ich dann beschloß wegzugehen, und zwar auf diesen Kontinent, sagte ich zu Donald, in dieses Land, wo nichts älter als ein paar Wochen sei. Donald sagte, er wolle darüber nicht diskutieren. Meine Gereiztheit sei für ihn ein sicheres Zeichen für die Ängste der Neuankömmlinge, für ihre Befürchtung, daß sie wider ihren Willen aufhören würden, zu sein, was sie zu sein meinten. Verspürte ich nicht diese Angst, fuhr er hartnäckig fort, würde ich nicht versuchen, mein Bangen zu verbergen und es – zwar äußerst erfolglos, wie er betonte – in der Story über meine Mutter zu verstecken, die im Unterschied zu einer richtigen Erzählung weder Hand noch Fuß habe. Er hatte eigentlich recht. Wer wie ich nicht schreiben kann, der gleicht einem Scharlatan, der vorgibt, einen gebrochenen Knochen richten oder ein ausgekugeltes Gelenk einrenken zu können, und dann die Verletzung nur verschlimmert und sie unheilbar macht. Wer schreiben kann wie Donald, würde sich hinsetzen und eine Geschichte niederschreiben, dabei den kürzesten Weg vom Anfang zum Ende gehen. In einer solchen Geschichte würde nichts darauf hindeuten, daß es außer der Geschichte noch etwas gäbe, anders als bei mir, als bei meiner Geschichte, in der es, wenn ich sie nur erst einmal niederschriebe, alles mögliche gäbe, nur nicht die Geschichte selbst, und die vom Hereinbrechen von Parallelwirklichkeiten erschüttert, immer wieder auseinanderfiele. Donald sagte, das könne mit der Fähigkeit erklärt werden, die Aufmerksamkeit zu schärfen und die Spannung zu halten. Manche Menschen, sagte er, seien nicht fähig, mehrere Dinge gleichzeitig zu tun oder zu verfolgen, während andere zur gleichen Zeit Radio hörten, fernsähen, einen Brief schrieben, zu Mittag äßen und eine Vorlesung vorbereiteten, die sie in der nächsten Woche vor den Erstsemestlern halten wollten. Ich erwiderte, meine Mutter sei so eine gewesen, da sie mit Leichtigkeit all das tun und dazu noch aus vollem Halse singen konnte. Donald fragte, wo sie Vorlesungen gehalten habe, und ich sagte, sie habe meinem Vater, meiner Schwester und mir Vorlesungen gehalten, weil wir im Vergleich zu ihr in puncto Lebenskunst ewige Erstsemestler gewesen seien. Ich weiß nicht mehr, wo wir uns befanden, als wir darüber sprachen, aber Mutter wäre damit bestimmt einverstanden gewesen. Sie leitete unsere Leben wie ein Dirigent ein Symphonieorchester: Alles sah sie als eine Einheit, wußte aber immer, woher jeder einzelne Ton kam. Und noch etwas: Ihre Kunst war nicht sichtbar; ein Beobachter konnte jemand anderen für den Dirigenten halten, zum Beispiel meinen Vater, oder später, als Vater starb, mich. Donald sagte sofort, das lasse ihn an einen Puppenspieler denken, der vor fremden Blicken verborgen über der kleinen Bühne und den bunten Kulissen die Fäden zieht. Dafür hätte ich ihm am liebsten eine geklebt. Donald wunderte sich über meinen Zorn und versuchte, mir noch einmal die Anpassungsprobleme der Einwanderer zu erläutern. Diese, also wir, seien zu empfindlich und hätten ständig das Gefühl, jemand zöge uns den Boden unter den Füßen weg oder die Räume, in denen wir lebten, hätten schiefe Böden, weswegen wir ständig stolperten und unweigerlich in dunkle Ecken rutschten. Zugegeben, der Boden in dem gemieteten Häuschen war in der Tat etwas schief und ich mußte Holzkeile unter das Nachttischchen und den Lehnstuhl schieben, aber keine Ecke war dunkel und ich hatte auch noch nie den Eindruck, neben einem Abgrund zu leben. Wenn ich jemandem für irgend etwas die Schuld geben sollte, dann allein mir, obwohl ich nicht wußte, warum ich mir die Schuld für eine Entscheidung geben sollte, die ich selbst getroffen hatte. Wenn ich mich nicht einleben konnte, dann war daran wieder nur ich schuld und nicht irgendeine Staatsordnung oder die andere Alltagskultur oder etwa der Kaloriengehalt der Lebensmittel, die ich jeden Tag, oft nur ungenügend gekaut, in mich hineinstopfte. Es gibt freilich Menschen, die jedes Weggehen, so auch das eigene, als einen Verrat ansehen. Vielleicht gehörte meine Mutter zu ihnen. Bleibe und dulde, hätte ihr Motto lauten können. Im Grunde hat sie Zagreb nicht um ihrer selbst willen verlassen, sondern weil sie ihre Kinder und, obwohl sie um die Hoffnungslosigkeit dieser Hoffnung wußte, ihren Mann vor dem Unheil bewahren wollte. Allein wäre sie nie weggegangen. Später wollte sie natürlich nicht mehr in diese Stadt zurückkehren, was ich erst nicht begreifen konnte, aber jetzt, da die Vampire des Nazismus wieder allenthalben ihre Köpfe heben, vollkommen verstehe. Einmal gesät, wartet der Samen des Bösen wie der eines jeden Unkrauts für immer an derselben Stelle, bis sich wieder ideale Bedingungen für sein Keimen ergeben. Das ist ein Klischee, sagte Donald. Das ist eine Tatsache, erwiderte ich. Ich kann nichts dafür, daß die Geschichte banal ist, sagte ich, und daß sie aus monotonen Episoden besteht, die, wenn wir von Blut, Schweiß und Tränen absehen, keinen zeitgenössischen Zuschauer zufriedenstellen können, vor allem den nicht, betonte ich, für den Blut erst dann real wurde, als sich herausstellte, daß es Aids überträgt, für den Schweiß mit Fitneßzentren und Tränen mit TV-Seifenopern zu tun haben. Ich wollte um jeden Preis sarkastisch sein und hoffte, meine Worte klängen in Donalds Ohren auch so. Danach sah ich ihn mehrere Tage nicht. Ich fürchtete schon ein wenig, ich hätte übertrieben; ich bin nämlich nie geschickt im Umgang mit Worten, zumal wenn ich versuche etwas auszudrücken, was diese Worte nicht aussagen. Da hatte meine Mutter schon recht. Sie sagte: Wenn du etwas sagen willst, dann bring es heraus; wenn nicht, schweig lieber. Sie fand, der sei der Beste, der mit den wenigsten Worten das meiste sagen konnte, und der der Schlechteste, der trotz vieler Worte nichts auszudrücken vermochte. Das eine nannte sie Sprechen, das andere Getue; für sie hatte der erste einen »Honigmund«, der zweite »redete nur Blech«. Ich vermute, daß ich irgendwo in der Mitte lag, was ich einst für einen idealen Standort hielt, obschon ich in der letzten Zeit, seitdem ich dem Krieg doch näher gekommen bin, eher dazu neige, zu glauben, daß die Durchschnittsmenschen schneller untergehen als diejenigen, die sich an den Rändern aufhalten. Vermutlich wohne ich deshalb jetzt in einem Randgebiet, in einer Stadt am Rande der Prärie und hoch im Norden, wo die Sonne, vor allem im Winter, ebenso unsicher und niedrig über den Horizont wandert, wie ich mich durch das Zentrum der Stadt und durch die zergliederten Vororte bewege. Lebte meine Mutter noch, würde ich natürlich weiter in unserer Wohnung in Zemun hocken oder an der Donau entlangspazieren und Verse vor mich hin murmeln. Als Mutter starb, verwandelte sich plötzlich alles, sowohl die Donau als auch die Verse, in Wörter ohne Kern, als hätte sie sie durch ihre Anwesenheit mit Inhalt und Leben gefüllt. So denke ich jetzt, hier, weit weg von allen früheren Realitäten. Dort, als sie starb, dachte ich an nichts, ich gehorchte lediglich der Bürokratie, lief von einem Amt zum anderen, füllte Formulare aus und ließ mir Bescheinigungen ausstellen. Im Krankenhaus übergaben sie mir eine Tüte mit ihren Sachen: etwas saubere Unterwäsche, weiße Socken, ein kleines Handtuch, mit dem ich ihr das Gesicht abgewischt hatte, eine Schachtel Waffeln, eine unangebrochene Packung Obstsaft. Ich mußte mit meiner Unterschrift den Empfang ihres Eheringes bestätigen, der in einem gesonderten Umschlag steckte, auf dem in der oberen rechten Ecke ihr Name stand. Auf der Straße öffnete ich den Umschlag und hielt den Ehering gegen das Licht. Auf seiner Innenseite waren der Name meines Vaters und das Datum ihrer Hochzeit eingraviert, es war einer der Wintermonate des Jahres 1945. Den Umschlag zerknüllte ich und warf ihn in den erstbesten Abfallkorb; den Ehering steckte ich in die Hosentasche. Ich dachte daran, wie mir, als ich ein kleiner Junge war, alles durch das zerschlissene Futter fiel, wie es an den Oberschenkeln und Waden entlang in die Strümpfe oder in die Schuhe hineinrutschte oder noch häufiger irgendwo hinter mir im Gras oder auf dem Bürgersteig liegenblieb. Als der Vater starb, füllte sich die Wohnung sofort mit Menschen; als Mutter starb, kam niemand, wenigstens nicht an diesem Tag. Vielleicht ist das ein Unterschied, über den man sprechen sollte, sagte Donald. Unsinn, erwiderte ich, es mag Unterschiede in der Art zu sterben geben, aber nicht im Tod selbst, der doch alle gleichmacht. Ich kam mir vor wie ein schäbiger Prediger, aber Donald gefiel dieser Gedanke, er mochte ihn ganz bestimmt lieber als unsere Gespräche über die Geschichte und die Landkarten. Er mußte sich dermaßen anstrengen, zu verstehen, wer mit wem und wer gegen wen in Jugoslawien während des Zweiten Weltkriegs und später in dem noch immer andauernden Bürgerkrieg war, er mußte sich derart bemühen, wenigstens die Namen der verschiedenen miteinander verfeindeten Gruppierungen im Kopf zu behalten, daß ihm ein Gedanke, der sich auf das Sterben im allgemeinen bezog, das weder durch die Geschichte noch durch eine Ideologie definiert war, einfach Erleichterung, vielleicht sogar Entzücken bereitete. Aber, warnte er mich sofort, ich dürfe mich nicht der Illusion hingeben, jeder könne mich bei meinen Gedankengängen begleiten, da die meisten Menschen nicht einmal imstande seien, ihren eigenen, geschweige denn fremden Gedanken zu folgen. Diese Warnung, betonte er, gelte natürlich für den Fall, daß ich noch immer beabsichtigte, etwas zu Papier zu bringen. Er sagte das so, als wäre die Erzählung ein Burek, den man auf ein weißes Blatt Papier legt, um dann aus den Fettflecken die Story herauszulesen. Vergeblich war mein Widerstand, mein Hinweis, daß es nirgendwo in der Natur

eine gerade Linie gebe und daß sich die Dinge bestenfalls spiralförmig abspielten. Eine Erzählung müsse einen Anfang und ein Ende haben, sagte Donald, und
wenn ich meinte, irgend etwas zwischen diese beiden
Punkte schieben zu können, dann befände ich mich auf
dem Holzweg. Man könne nicht ständig unschlüssig
sein und zwischen der Historie, der Chronik, dem persönlichen Schicksal und poetischem Gefasel schweben
und dazu noch erwarten, daß dies bei jemandem auf
genügend Interesse, ja auf soviel Interesse stoße, daß
dieser Lust verspüre, alles auseinanderzusortieren. Ich
war aufrichtig überrascht. Aber, fragte ich, wenn ich
nicht über mich schreibe, warum sollte ich es über jemand anderen tun? Donald sah mich lange an. Ich entdeckte in seinem Gesicht eine Menge Worte, die er
nicht ausgesprochen hatte, aber ich bemerkte ebenfalls,
daß er keine Antwort darauf wußte. Hätte er eine Bier-
flasche in der Hand gehabt, hätte er sie bestimmt nach
mir geworfen, aber so, mit einem Espressotäßchen zwischen Daumen und Zeigefinger, muß ihn eine solche
Aktion wohl wenig gereizt haben. Hätte er ein Messer in
der Hand gehabt, das Messer, von dem meine Mutter
sprach, – ich kann diesen Satz nicht zu Ende führen.
Nichts ist schlimmer, als wenn man sich das Leben als
eine Serie von Möglichkeiten vorstellt, statt es so zu akzeptieren, wie es kommt. Jetzt bin ich sicher, daß es das
war, was Mutter mir ihr ganzes Leben lang beibringen
wollte, und was ich nie gelernt habe. Ihr kann ich dafür
nicht die Schuld geben, denn sie kam beim Unterrich-
ten dem Idealbild einer Lehrerin nahe, das heißt, sie un-
terrichtete, ohne daß man es merkte, und war nie da,

wenn es angebracht war, abwesend zu sein. Und obwohl ich jetzt verkrampft vor dem Tonbandgerät sitzend meine, mein Leben wäre anders verlaufen, hätte ich nur rechtzeitig von dem Rat der wahrsagenden Zigeunerin erfahren, wird sich dadurch, daß ich Mutters Stimme widerspreche, nichts ändern. Allenfalls kann ich mich selbst für verrückt erklären, weil ich mich mit einem Tonbandgerät unterhalte. Manch einer bewahrt auf dem Sims über dem Kamin eine Urne mit der Asche seines zu früh verstorbenen Kindes oder des geliebten Ehepartners auf, ich hingegen habe auf dem Tisch ein Tonbandgerät mit einer Stimme aus dem Jenseits. Stimme oder Asche, wo ist da der Unterschied? »Von diesem Augenblick an«, sagt Mutter, »änderte sich alles, und ich fühlte keine Phantomglieder mehr. Was das Messer abgeschnitten hatte, war weg, und wer sich vor den Stümpfen ekelt, bekommt nichts anderes anstelle der Stümpfe. Deshalb sagte ich zu deinem Vater: Wenn wir hier, in Ćuprija, bleiben, wird die Kleinstadt aus deinen Kindern Würmer machen. Na und? sagte er. So ein Mensch war er: Nicht einmal an Würmern stieß er sich. Ich sagte ihm, er könne ja mit den Würmern leben, aber aus *meinen* Kinder sollten Menschen werden. So schaffte er es, zwei Jahre später eine Stelle im Krankenhaus von Zemun zu bekommen, und als der Lastwagen mit unseren Sachen endlich vor dem Gebäude in der Straße des 22. Oktober hielt, wo wir provisorisch ein Zimmer gemietet hatten, hörten die Stümpfe auf weh zu tun. Das alles konnte ich deinem Vater nicht erklären; ich habe es auch gar nicht versucht. Er ging morgens zum Krankenhaus, kam nach zwei Uhr nach Hause, verschlang die heiße Suppe und die Fleischpitta und warf sich gleich auf das Sofa. Da mußten wir alle auf Zehenspitzen gehen. Nachmittags eilte er in die Ambulanz und kam erst spät abends zurück, blaß, mit geschwollenen Augen, manchmal fand ich auf den Manschetten seines weißen Hemdes oder gleich unterhalb des Kragens kleine Tropfen geronnenen Blutes. Wir wechselten noch einige Male die provisorischen Zimmer, die sich immer in alten Gebäuden, in mit alten Möbeln vollgestellten Wohnungen befanden, wo es nach Schimmel roch und Spinnweben in den Ecken hingen, bis wir endlich unsere Wohnung in einem Neubau am Karadjordje-Platz bekamen. Damals war das am Ende, oder besser gesagt am Anfang der Stadt, da vor unserem Haus die Einfallstraße nach Zemun entlangführte und der ganze Verkehr mit der Vojvodina und sogar mit Zagreb, eigentlich mit dem ganzen Land an unserem Haus vorbeiging. Da ratterten ohne Unterlaß Autos und Lastwagen, Busse und Traktoren. Manchmal stand ich auf dem Balkon und dachte: Wenn ich diese Straße immer geradeaus laufe und nirgendwo abbiege, komme ich nach Zagreb. Nie habe ich den Wunsch verspürt, nach Zagreb zurückzukehren, aber ich konnte auch nie das Gefühl abschütteln, daß es nicht gut war, an einer Straße zu wohnen, die mich an meine Flucht erinnerte, und daß ich mich doch für Belgrad hätte entscheiden sollen, wenigstens für das andere Ufer, wo ich geschützt gewesen wäre vor ...« Ihre Stimme schwindet, die Spulen drehen sich weiter. Ich beuge mich nach vorn und höre, wie ich sie frage: »Wovor?« – »Lassen wir das«, sagt Mutter, »das ist dummes Zeug.« Ich erinnere mich, wie sie abwinkte, aber ich ließ nicht locker. »Ich kann nicht glauben, daß es etwas gab, wovor du Angst hattest«, sagte ich. »Ich hatte keine Angst«, antwortete sie scharf, »mich bedrückte nur der Gedanke, alles könnte sich wiederholen, die Menschen würden nicht imstande sein, sich noch einmal zu verwandeln, und das Böse würde, wenn es die Menschen einmal in seiner Gewalt habe, nie mehr weichen.« Ich lehnte mich an den Tisch und rückte fast im gleichen Augenblick weg aus Angst, er könnte knarren. »Denkst du immer noch so?« fragte ich. »Wenn du fragst, ob ich im Schlaf noch immer auf der Hut bin, dann ja.« Immer war sie es, die mich spät in der Nacht nach Hause kommen hörte und die manchmal im langen Nachthemd und mit losem Haar aus der Türe trat, um mit mir zu schimpfen. »Aber wenn du mich fragst, ob ich glaube, daß sich all *jenes* wiederholen kann, dann bin ich mir nicht so sicher, obwohl ich mir vorstellen kann, daß auch andere Flüchtlinge denselben Weg gehen, vielleicht sogar in beide Richtungen.« Ich lachte. In diesem Lachen war soviel Arroganz und Unglauben, daß ich jetzt, während ich sein Echo in meinem kanadischen Häuschen höre, Lust bekomme, mich zu ohrfeigen. Natürlich gingen die neuen Flüchtlinge diesen Weg, natürlich wiederholte sich alles, natürlich mußte man im Schlaf auf der Hut sein und natürlich glaubte ich an nichts von alledem. »Und wenn ich schon nicht am anderen Ufer lebte«, fuhr Mutter fort, »so tat ich doch alles, um mir das andere Ufer herbeizuzaubern. Ich hatte die Menschen in Serbien während des Krieges gesehen und wußte, daß es unter ihnen nie mehr Frieden geben würde und daß viele von ihnen sich wie die

Wetterhähne auf den Dächern drehen würden. Wenn es etwas gab, wovor man Angst haben mußte, dann war es ihre Bereitschaft, jedem Führer zu folgen, egal ob freiwillig oder unter Zwang. Und so traten wir gleich, als wir in Zemun ankamen, der jüdischen Gemeinde in Belgrad bei, nicht weil ich aus euch, aus deiner Schwester und dir, echte Juden machen wollte, denn fast alle dort waren nur teilweise Juden, Splitter eines zerbrochenen Gefäßes, sondern um in euch – und auch in mir – ein Gefühl wirklicher Zugehörigkeit zu entwickeln, um da, wo alles ins Wanken geraten war oder sich in wirbelndes Gas verwandelt hatte, festen Boden unter die Füße zu bekommen. Im Sommer fuhren wir mit der Gemeinde in die Ferien nach Rovinj oder Split, im Winter besuchten wir Veranstaltungen im Gemeindesaal, wo ihr zum Chanukkafest kleine Kerzen angezündet und euch zum Purimfest verkleidet habt. In jenen Jahren schickten amerikanische Juden immer etwas: Kleidung und Schuhe, Schokolade, Käse, Matzen für Passah, Gebetbücher, die niemand haben wollte. Ich kann das heute schwer erklären, aber dort fühlte ich mich geborgen, dort wußte ich, daß uns nichts von all dem, was um uns geschah, verletzen konnte. Ich drängte euch nicht dazu, ich forderte nichts, ich war ja selbst meinem Herzen gefolgt, als ich meinen ersten Mann heiraten wollte, aber ich wußte, daß das Herz, wenn auch langsam und nur durch häufiges Wiederholen, lernen kann. Ich rede wohl zuviel, aber so war es.« Ich höre, wie wir uns räuspern, zunächst sie, dann ich, dann tritt abrupt Stille ein, die ich etwas später als den Klang eines nicht bespielten Bandes erkenne. Ich weiß nicht, ob man das als Klang bezeichnen kann, er wird übrigens vom Quietschen der ungeölten Achsen oder der alt gewordenen Gummiriemen übertönt. Vielleicht sollte ich ihn besser gar nicht beschreiben oder lediglich sagen, Mutter sei aufgestanden und weggegangen und ich hätte am nächsten Tag eine Schachtel mit einem neuen Band genommen. In solchen Situationen wünsche ich, daß Donald neben mir sitzt und daß ich ihn, sobald ein Zweifel in mir aufkeimt, mit Fragen überschütten kann. Wenn ich ihm nachträglich die auf Papierfetzen aufgeschriebenen oder die hundertmal im Geiste wiederholten Fragen stellte, schienen es mir nicht mehr dieselben Fragen zu sein, als ob die Erzählung sich von einem zum anderen Augenblick veränderte, so daß Dinge, die nicht klar waren, später nicht mehr geklärt werden konnten. Ist es möglich, fragte ich Donald, daß die Story nur in einem Augenblick besteht, in einem gegebenen Augenblick einer gegebenen Gegenwart, wenn man das so sagen kann, und daß sie sich nie wiederholen läßt, weil diese Gegenwart, wie übrigens jeder Augenblick, unwiederholbar ist. Ich glaube nicht, daß ich Donalds Blick beschreiben kann. Zugegeben, wenn mir jemand einen solch verdrehten Satz vortrüge, würde auch ich denken, daß mit dem, der ihn zusammengebastelt hat, etwas nicht stimme, aber da ich den Satz selbst gebaut hatte, wußte ich, daß die Menschen immer so auf schlichte Wahrheiten reagieren, die die vertrauten schlichten Wahrheiten untergraben. Jeder Mensch lebt in einer von Gräben umgebenen Festung, und diejenigen, die versuchen, Brücken über diese Gräben zu schlagen, sind nirgends beliebt. Ich stellte Donald die schlichte Frage: Ist es überhaupt möglich zu erzählen?, wobei ich die schlimme Verkrustung bei der Strukturierung der Zeit, in der wir leben, im Sinn hatte. Donald war entsetzt, vermutlich weil ich damit seine Überzeugung in Frage stellte, nach der gerade die Kunst als der höchste Ausdruck menschlichen Tuns dazu dient, diese Strukturen zu überwinden, was ich keinesfalls in Zweifel gezogen hatte. Donald versteht etwas nicht. Donald glaubt, es sei wunderbar, ein wurzelloser Mensch zu sein, weil das Fehlen der Wurzeln vollkommene Freiheit gewähre. Das hängt mit dem elementaren amerikanischen Mythos von der grenzenlosen Beweglichkeit zusammen. Mit dem Mythos der Einwanderer natürlich und nicht mit dem Urglauben der amerikanischen Indianer. Donald kann so denken, weil er nie Wurzeln gehabt hat. Er weiß nicht, was es bedeutet, seinen festen Ort zu haben, zu wissen, daß dieser Ort nur dir gehört und du immer wieder zu ihm zurückkehren oder ihn für immer verlassen kannst. Ich versuchte gar nicht, ihm das zu sagen, weil ich nicht sicher war, ob ich es ihm auf die richtige Art und Weise beibringen konnte, so wie ich nicht imstande wäre, es auf die richtige Art und Weise aufzuschreiben. Wenn ich schreiben könnte, könnte ich über Donald ein Buch verfassen. Ich weiß, daß man über jeden Menschen ein Buch verfassen kann und daß alle diese Bücher gleich gut wären, und dennoch meine ich, daß das Buch über Donald besser wäre als die anderen, wenigstens für mich, was natürlich lächerlich ist, denn wozu sollte ich ein Buch schreiben, das nur ich läse. Manchmal denke ich, es ist gut, daß ich nicht schreiben kann, weil ich, sooft ich über das Schreiben nachdenke, nur auf Fragen und nie auf Antworten stoße. Habe ich diese Art zu denken vielleicht auch von meiner Mutter geerbt? Schon wieder eine Frage, die ich nicht beantworten kann, überlege ich, während ich das zurückgespulte Band abnehme, es in die Pappschachtel zurückstecke, dann das Band Nummer drei heraushole, es auf das Tonbandgerät lege, den Bandanfang zuerst durch den Magnetkopf ziehe und auf die rechte, die leere Spule wickele. Viele Dinge, die meisten Griffe und fast alle ausgesprochenen Worte habe ich vergessen, fällt mir ein, während ich einen Schluck völlig kalten Kaffees zu mir nehme, aber an den Beginn der Aufnahme auf dem dritten Band kann ich mich genau erinnern. Das zweite haben wir sieben oder acht Tage nach dem ersten bespielt, mit dem wir gleich nach der Beerdigung begonnen hatten. Weitergemacht und beendet haben wir es etwa zehn Tage oder vielleicht erst zwei Wochen später. Genau so lange oder vielleicht etwas weniger hat es gedauert bis zu dem dritten Band, mit dem wir genau an dem Tag begannen, an dem wir vier Wochen nach seinem Tod den Gedächtnisgottesdienst für meinen Vater feierten. Am Vormittag waren wir auf dem Friedhof, am Nachmittag in der Synagoge, wohin wir hartgekochte Eier, Käseplätzchen und zwei Flaschen Schnaps mitnahmen, um sie nach dem Gottesdienst anzubieten, und am Abend blieben wir, meine Mutter und ich, allein in der Wohnung. Zu meiner Überraschung schlug Mutter vor, mit der Aufnahme fortzufahren. Ich war so verblüfft, daß ich ihr das ausreden wollte, obwohl ich schon auf dem Weg zu dem Zimmer war, wo sich das Tonbandgerät, das Mikrophon, die Bänder und die Kabel befanden. Dann fiel mir ein, daß sie mir vielleicht etwas Wichtiges zu sagen habe, und ich verstummte, weswegen ich mir gleich darauf Eigennützigkeit vorwarf, da ich ihr trotz allem weh tat, und schließlich sagte ich im Korridor, die komplette Aufnahmeausrüstung in den Armen, sie müsse das selbst entscheiden. Daraufhin begann sie nur, den Tisch leer zu räumen. Wenn es so ist, sagte ich. Ich erinnere mich genau, daß ich das gesagt habe, ohne den Satz zu beenden. Nachdem ich dann endlich die Aufnahmetasten gedrückt hatte, fragte ich sie, warum sie nicht über ihre Kindheit gesprochen habe und ob es nichts mehr über die Welt zu sagen gäbe, in der sie groß geworden sei. »In meinem Alter«, höre ich sie sagen, »habe ich dort nichts mehr zu suchen.« Ich protestierte. Damals las ich Autoren wie Schulz und Kiš oder auch Nabokov, die ihre erzählerischen, ohne Zweifel nur den Erwachsenen zugedachten Konstruktionen gerade auf der Welt der Kindheit aufgebaut hatten, und versuchte, ihr das zu erklären. Ich sprach, das merke ich erst jetzt, fast eine Viertelstunde lang, als nähmen wir meine und nicht ihre Lebensgeschichte auf Band auf, als stellten die Bücher das Leben dar, als könnte sich irgendein ausgedachtes mit einem tatsächlich gelebten Leben messen. Aber meine Mutter gab nicht nach: wenn sie einmal »nein« gesagt hatte, dann blieb das für immer ein »Nein«, und kein Zauber hätte daran etwas ändern können. Sie wollte übrigens auch früher nicht über ihre Kindheit sprechen und gewährte uns nur einen kurzen Blick in die Welt, der sie, wir ahnten es, gern entflohen war. Wir wußten nur, daß es in der Familie so viele Kinder gab, daß ihre Eltern meine Mutter zu Verwandten nach Derventa schicken mußten, um so die Zahl hungriger Münder zu verringern. Wäre sie nicht dorthin gegangen, hätte sie Jahre später nicht ihren ersten Mann getroffen. Derventa war eins der Tore zur Welt, daher vermute ich, daß er dort geschäftlich zu tun hatte. So hochgewachsen und galant, geschmackvoll angezogen, aber dennoch bescheiden, wie er auf den Fotos in Mutters Vorkriegsalbum wirkt, muß er ihr wie ein Wesen aus einer irrealen Welt erschienen sein. Für sie aber reduzierte sich die Kindheit auf eine Narbe am rechten Schenkel, die sie am Strand nicht verbergen konnte, auf diese Spur ihres Übermuts und eines hastigen Versuchs, über einen Lattenzaun zu klettern, auf dem sie hängenblieb, bis jemand aus dem Haus gelaufen kam, den spitzen Pfahl aus ihrem Schenkel zog und die Wunde dann verband. Aus solchen und ähnlichen Gegebenheiten wußten die erwähnten Schriftsteller die verworrene Mythologie einer arkadischen Kindheit zu bauen, für meine Mutter jedoch gab es allein den unregelmäßigen Kreis der an der Einstichstelle dunkel gewordenen Haut. Etwas geschah oder es geschah nicht, meinte sie, alles andere war belanglos, vor allem die Konditionalsätze. Immer wieder denke ich daran, wie sie sich über Menschen lustig machte, die sich das Leben als eine kleinere oder größere Auswahl von Möglichkeiten vorstellen, die ihrerseits aus einer Reihe von Möglichkeiten hervorgegangen sind. Es ist verrückt genug, daß ich mir Lotterielose kaufe, pflegte sie zu sagen, wozu soll ich mir auch noch ausmalen, was wäre, wenn ich gewinnen würde. Deshalb blätterte sie seelenruhig dienstags, wenn ich mich nicht irre, in der Zeitung und suchte die Ergebnisse der Ziehung. Sie gewann nie. Wenn mir jetzt jemand sagte, das sei deswegen geschehen, weil sie nicht an die Möglichkeit zu gewinnen geglaubt hätte, weiß ich nicht, was ich ihm in meiner Wut antun würde, denn wenn jemand glauben konnte, so war sie es, aber sie glaubte an das, was geschah, und nicht an das, was hätte geschehen können. Wenn der Tod geschah, glaubte sie an den Tod, aber solange das Leben währte, glaubte sie an das Leben. Ich weiß nicht, ob sich das besser erklären läßt. Freilich, wenn ich schreiben könnte, wüßte ich das auf eine andere Weise zu erklären, vielleicht mit weniger Worten, obwohl mir nie klargeworden ist, ob die Qualität des Schreibens mit der Anzahl der benutzten Wörter zusammenhängt. Donald, ich weiß nicht, was Donald dazu sagen würde, womöglich nichts. Vielleicht sollte ich nicht soviel darüber nachdenken, was er sagen würde, weil er meistens nichts sagt. Das hätte meiner Mutter nicht gefallen, diese Bosheit im letzten Satz. Ich kann das nicht auf das Gefühl des Verlustes schieben, auf das Gefühl, daß ich, weil ich nicht mehr in meiner Sprache lebe, ständig bergab gleite, denn hätte jemand von Verlust sprechen können, dann war sie es, und dennoch habe ich aus ihrem Mund nie auch nur ein boshaftes Wort gehört. Gut, Donald ist doch nicht so, sage ich laut, aber das Zucken meiner rechten Hand und die Bewegung meiner linken, die rhythmisch mein linkes Knie drückt, verraten mich. Aus meiner Stimme, mit der ich zu Mutter sprach, kann man jedoch trotz des Zirpens der Gummibänder oder der ungeschmierten Achsen deutlich Verärgerung heraushören. Ein anderer wäre an meiner Stelle schon längst aufgestanden und hätte nach

Schmieröl gesucht. Vielleicht wäre er sogar, falls er es nicht im Haus gefunden hätte, zum nächsten Geschäft gelaufen. »Na gut«, sagte ich. Meine Stimme zitterte sogar leicht, aber das konnte ich schon dem nicht gut funktionierenden Transmissionssystem zuschreiben sowie dem Umstand, daß sich die Bänder vom langen Liegen gelockert hatten. »Wenn du schon nicht von deiner Kindheit sprechen willst«, vernehme ich mich, »dann sag mir wenigstens, ob du glücklich warst?« – »Wie meinst du das?« fragte Mutter. »So«, sagte ich, »wie ich es gesagt habe, ich weiß nicht, wie man das anders ausdrücken sollte.« In mir reifte Wut, ich kann sie sogar hier erkennen, in diesem Haus, das nie mein Heim werden wird, eine grundlose, eine in ihrer Unangemessenheit wilde Wut, eine Wut, die aus Ohnmacht und vermutlich aus der Erkenntnis entstand, daß ein Kind immer ein Kind bleibt, das sich der Macht der Eltern beugen muß. Ich weiß nicht, was ich damals mit meinen Händen tat, vor allem mit der linken, die rechte umklammerte vielleicht einen Bleistift. Manche Menschen sind halt so: Sie wissen nicht, wohin mit ihren Händen. Mutter war da anders: Ihre Hände ruhten in ihrem Schoß, und nur manchmal in stiller Verzweiflung oder nach einer traurigen Nachricht hob sie sie zum Gesicht und drückte sie gegen ihre Schläfen. Wäre sie nicht so ruhig gewesen, hätte ich mein Tonbandgerät eingepackt, das Kabel aufgewickelt und das Mikrophon in die Plastikschachtel zurückgelegt. Jetzt verstehe ich, warum ich so wütend war: Ich glaubte, die Kunst stünde über dem Leben, ich meinte, daß in ihren Worten, die wir bis dahin aufgenommen hatten, lediglich das Leben steckte, Rohmaterial, das vielleicht für einen Archivar oder einen Historiker interessant, aber für einen Dichter oder einen Prosaautor völlig wertlos sei. Ich wußte natürlich – ich hatte das sogar in einem Gedicht angedeutet –, daß die Kunst aus dem Leben hervorgeht, aber ich dachte, dafür sei eine *Erhabenheit* des Lebens nötig. Im Leben meiner Mutter, in dem, was sie mir bis dahin erzählt hatte, deutete jedoch nichts auf Erhabenheit hin. Wie dumm war ich doch, sagte ich zu Donald vielleicht gerade an jenem Tag, an dem wir uns die Karte des ehemaligen Jugoslawiens anschauten, vielleicht auch etwas früher, aber auf jeden Fall in demselben Restaurant auf der Flußinsel. Ich war blind, sagte ich zu ihm, ich war geblendet durch meine Liebe zum Vater und vergaß darüber, daß ein Blinder, wie gerade meine Mutter oft betonte, im Dunklen besser sieht als jeder andere. Donald holte sofort seinen Notizblock hervor und schrieb den, wie er ihn nannte, Gedanken über den Blinden auf. Daraus könne man ein Gedicht machen, sagte er. Ich machte keine guten Gedichte. In meinen Gedichten, selbst wenn sie vom Untergang oder Zerfall handelten, gab es immer eine Quelle des Lichts. »Glück ist Gewohnheit«, sagte Mutter, »falls ich damit deine Frage beantworten kann.« Ich schwieg, man konnte es deutlich hören. Mutter seufzte. Sie wußte, daß mich das ärgerte. Während ich jetzt mit zusammengepreßten Zähnen lausche, keimt zum erstenmal in mir der Gedanke, daß ihr das egal war, daß ihr Schmerz über den Verlust eines Menschen, meines Vaters, der, ohne es zu wissen – er glaubte nämlich, es sei umgekehrt –, ihr geholfen hatte, nicht nur aus dem Tal des persönlichen

Schmerzes, der sie beide zu ersticken drohte, herauszugelangen, sondern auch den Weg in die Geborgenheit, in die Sicherheit, ja in die Vergebung zu finden, daß also dieser Schmerz viel größer und aufrichtiger gewesen sein mußte als meiner. Ich könnte mich vielleicht besser ausdrücken, aber dazu müßte ich das Tonbandgerät anhalten. Und was wußte ich damals schon vom Schmerz, vom Verlust? Nichts. Bestenfalls – dieses Wort klingt mir, da es um Schmerz geht, hoffnungslos falsch –, bestenfalls glaubte ich, der Schmerz habe etwas mit Schuld zu tun. Jemand ist, glaubte ich, schuld an meinem Schmerz. Jemand ist, glaubte ich, schuld am Tod meines Vaters. Jetzt weiß ich, daß wir den Schmerz nicht in anderen suchen dürfen, weil wir ihn immer in uns selbst tragen; der Schmerz ist der Mittelpunkt, der uns zu dem macht, was wir sind. Das klingt bombastisch, vielleicht auch pathetisch und es würde Donald bestimmt nicht gefallen. Ich werde es ihm auch nicht sagen. Warum sollte ich? Mutter räusperte sich – immer räuspert sich jemand nach einer längeren Stille – und sagte: »Ich war glücklich, als du geboren wurdest.« Ich setzte an, etwas zu sagen, aber sie unterbrach mich. »Ich war auch glücklich, als deine Schwester geboren wurde«, sagte sie. »Auch vor dem Krieg war ich glücklich. Als ich meinen ersten Mann kennenlernte, von dem ich damals nicht wußte, daß er mein Mann werden würde, war ich glücklich. Auch mit unseren Kindern war ich glücklich, auch damals, als seine Eltern eingewilligt hatten, uns alle zusammen zu sehen, und auch damals, als ich darauf wartete, daß er von der Arbeit heimkehrte. Aber dann, als sich alles zu verschließen begann, hörte das Glücklichsein auf. Du kannst nicht glücklich sein, wenn du siehst, wie das Licht in der Finsternis verschwindet. Du kannst dann vielleicht hoffen, aber Hoffnung ist nicht Glück, denn man weiß, was sich einmal verschließt, kann nie mehr dasselbe sein, selbst wenn es sich wieder öffnet. Ich war nicht glücklich, als ich deinen Vater heiratete. Wie konnte ich glücklich sein, wenn ich damals nicht einmal mehr hoffte? Später habe ich mich daran gewöhnt. Ich sagte zu ihm: Verlange nichts von mir, und ich werde dir soviel geben, wie ich kann. Er hat das verstanden. Ich weiß nicht, ob *du* es verstehen kannst, aber man kann nicht glücklich sein, wenn man nichts als die Vergangenheit besitzt und wenn man auf Erinnerungen nicht verzichten will. Wir lebten in einer Welt, die trotz des vielen Geredes von einer glänzenden Zukunft auf der Stelle trat, die trotz des großen Bemühens zu vergessen nur für die Erinnerungen lebte, die trotz der lauten Beteuerungen, alle seien gleich, ständig zeigte, wie sehr wir uns alle voneinander unterschieden. Als wir zum erstenmal Israel besuchten, sprach keiner der Menschen dort von dem, was vor der Gründung Israels, vor ihrer Ankunft war. Das Leben hatte in dem Augenblick begonnen, als sie vom Schiff gekommen oder aus dem Flugzeug ausgestiegen waren und den Boden Israels betreten hatten. Was davor lag, gehörte einer anderen, einer zu Ende gegangenen Epoche an. Das war nicht vergessen, das wurde einfach nicht erwähnt, es war Geschichte geworden. Es ist doch so: Wer mit der Historie lebt, lebt nicht mit dem Leben, er ist ein Toter, selbst wenn er lebt. Das Leben ißt man mit einem großen oder mit einem kleinen Löffel, aber nur davorsitzen und darauf starren, das geht nicht. Was auf dem Teller ist, kannst du aufessen oder nicht aufessen, etwas Drittes gibt es nicht, meinst du nicht auch?« Sie wartete meine Antwort nicht ab, und es war gut so, denn damals las ich andauernd Bücher über Mystizismus, Zen-Buddhismus, über Materie und Antimaterie, über gewöhnliche Welten und Parallelwelten, und hätte ich da zu reden angefangen, hätte ich bis zum Ende des Bandes nicht mehr haltgemacht und vielleicht auch dann noch nicht. Dabei sollte das, was wir aufnahmen, etwas über sie aussagen, ich meine, sie sollte über sich sprechen, und nicht ich über mich, so wie das Buch, wenn es mir gelingt, es niederzuschreiben, sie vorstellen soll und nicht mich, ich gehöre doch nicht zu denen, die sich auf jedem Foto in die erste Reihe drängen. Mutter winkte nur ab und fuhr fort: »Danach war alles leicht. Wenn du einmal die Wahl getroffen hast, ist alles fort wie weggeblasen. Wenn du dich entschieden hast, das ist Glück. Die Leute hier haben diese Kunst nie gelernt. Sie sind stets unschlüssig, unsicher, wessen Gefolgschaft sie sich anschließen sollen, und so gehören sie weder der Gegenwart noch der Vergangenheit an, von der Zukunft ganz zu schweigen. Sie meinen immer, das eine sei schöner als das andere, und am schönsten sei das, was man nicht mehr haben könne. Ich hingegen habe, nachdem ich aus Israel zurückgekommen war, alles geordnet, für jedes Ding einen Platz gefunden. Die Fotos im Vorkriegsalbum, sagte ich mir, sind nur Stücke von besonderem Papier, die allmählich vergilben; die Grabsteine nur Stücke von Granit oder Marmor, die von Fachleuten bearbeitet wurden und die nicht aus einem

Herzen wachsen; ein Brief ist wie ein Stempel, man kann ihn lesen, bis er verblichen ist, danach ist er nichts mehr wert. Du kannst mir jetzt vorhalten, daß ich für diese einfache Entscheidung ganze fünfzehn Jahre gebraucht habe, eine entsetzlich lange Zeit, was stimmt, aber nur weil du in einer Zeit lebst, in der du Gott sei Dank nicht vor eine solche Wahl gestellt wirst. Für dich gibt es kein Vorher und Nachher, für dich gibt es nur das Jetzt, nur diesen Augenblick. Auch für mich gab es damals, in meiner ersten Ehe nur den Augenblick, damals fand ich es seltsam, wenn Leute davon erzählten, wie es einst, zu k.u.k.-Zeiten gesittet und ruhig zuging und wie man wußte, wer wer war und wo jeder hingehörte. Das Leben sah aus wie ein nimmer endendes Lamento über das, was vergangen war und nicht mehr zurückkommen würde. Aber wenn man so denkt, ist das wie ein süßes Gift, das man an seine Umgebung weitergibt. Ich wollte nicht, daß ihr, du und deine Schwester, so würdet. Auch dein Vater wollte es nicht. Wenn ich an einem Schmerz litt, wenn er an einem Schmerz litt, warum solltet ihr euch dafür verantwortlich fühlen? Deshalb taten wir alles, was in unserer Macht stand, um nach Belgrad zu kommen, der Stadt, die schon damals quoll wie eine Bohne im Wasser. Eine Großstadt wirkt befreiend, das habe ich zum erstenmal in Zagreb empfunden, wenn ich auch niemals mehr dorthin zurückkehren möchte. In Ćuprija hatte ich ständig das Gefühl, ein Turban sei fest um meinen Kopf gewickelt, in Peć war ich schon glücklich, wenn ich den Himmel sehen konnte, erst in Belgrad konnte ich zum erstenmal nach dem Krieg richtig atmen. Wir kamen zwar nicht nach Belgrad, sondern nach Zemun, und anfangs – eigentlich dauerte das mehrere Jahre – dachte ich, nichts habe sich verändert. Vielleicht hatte ich da statt des Turbans ein Tuch um den Kopf, aber auch das Tuch drückte noch; dann aber begriff ich, Belgrad und Zemun, das waren zwei Teile eines Ganzen, die nur scheinbar getrennt waren und die eines Tages eins werden mußten. Aber nie konnte ich, ja wollte ich vergessen, daß die beiden durch das alte Messegelände miteinander verbunden waren, das sich, wie man aus dem Trolleybus oder aus dem Autobus beobachten konnte, langsam zum Mittelpunkt dieser neuen großen Stadt entwickelte. Ich dachte natürlich nicht mehr an die, die einst dort im Lager gesessen hatten und zum Erschießen abtransportiert oder in die Gasautos gesteckt worden waren, denn sie konnte ohnehin nichts mehr zurückbringen. Aber ich wurde den Verdacht nicht los, daß diese neue Stadt, indem sie es ablehnte, von deren Abwesenheit Notiz zu nehmen, sie eigentlich demütigte. Ich weiß nicht, warum das so sein mußte, aber so war es halt. Das Wertvollste, was man im Leben lernt, ist, daß es Augenblicke gibt, in denen man keine Fragen stellen sollte. Schweige und bewahre alles in deiner Erinnerung. Das, was in dir ist, kann dir keiner wegnehmen, und was außerhalb von dir ist, gehört dir ohnehin nicht. Deshalb sagten wir nie zu euch, zu deiner Schwester und zu dir: Schau dir diesen Ort an, schuld daran ist der und der. Wir sagten nur: Schau dir diesen Ort an. Denn, was ist Schuld? Und wer kann sich anmaßen zu sagen, wer schuld ist und wer nicht?« Sie verstummte. Ich nehme an, daß sie auf meine Antwort wartete, aber damals wie heute wußte ich nicht, wie ich darauf hätte antworten sollen. Wenn ich das wüßte, wäre ich jetzt wahrscheinlich nicht in diesem Haus, in diesem übergroßen Land, das sich selbst nicht versteht, so wie auch mein ehemaliges Land sich nicht verstand. Meine Mutter hätte darin die feine Ironie des Lebens erkannt: Du kommst aus einem Land, das auseinander-gefallen ist, in ein anderes Land, das zusammenhält, nur weil es nicht weiß, wie es auseinanderfallen soll. Sie hat auch selbst etwas Ähnliches getan. Sie ist im Land geblieben, das wie der sprichwörtlich zusammengeflick-te Kessel das Wasser nur solange hielt, wie die Hand-werker da waren. Aber in diesem Falle haben die Hand-werker, bevor sie gingen, obwohl das Wasser schon in Bächen strömte, auch das kaputtgeschlagen, was vorher noch heil war. So brachte ich Donald, während wir uns über die Landkarte beugten, die Geschichte bei. Das war leichter, als ihm von Tschetniks, Ustaschas, Kom-munisten und der königlichen Regierung im Exil zu er-zählen. Aber es gibt gar nicht viel zu erzählen, sagte ich, weil die Historie letzten Endes immer die gleiche Ge-schichte von der Bereitschaft zur Zusammenarbeit und zu Kompromissen ist, die den Kopf rettet oder den poli-tischen Einfluß sichert. Zumeist, sagte ich, lebt man oh-nehin nicht so, wie man es selbst wünscht, sondern so, wie das jemand anderes will. In der Diktatur hat die Minderheit die Herrschaft über die Mehrheit, in der Demokratie herrscht die Mehrheit über die Minderheit, aber überall gibt es welche, die anders leben müssen, als sie möchten. Donald sagte, das totalitäre System habe mir das Hirn gewaschen und ich hätte jegliches Gefühl für Werte verloren. Ich erwiderte, daß die scheinbare

Gerechtigkeit der Demokratie in ihm ein scheinbares Wertesystem begründet habe. Man hätte meinen können, wir stritten, dabei lächelten wir. Warum sollten wir auch streiten? Ich werde immer ein Europäer bleiben, so wie er immer ein Nordamerikaner bleiben wird, daran ist nicht zu rütteln, wir werden uns immer voneinander unterscheiden wie Tag und Nacht. Jetzt fällt mir ein, daß ich vom Unterschied zwischen der Morgenröte und der Abenddämmerung sprechen sollte, da wir beide, er als Kanadier und ich als Jugoslawe, das Fehlen einer erkennbaren Identität teilen, und unsere Länder, mein ehemaliges und sein noch gegenwärtiges, in ihren Erdteilen eine Randstellung einnehmen, zumindest aus der Sicht derer, die sich selbst als die Gestalter dieser Kontinente betrachten. Er ist ein schattiges Wesen aus dem Norden, ich bin ein schattiges Wesen aus dem Nimmerleinsland, einem Land, das, egal welche Himmelsrichtung du wählst, exzentrisch und zugleich Mittelpunkt ist. Wir beide sind eigentlich wie Zwillinge, die sich überhaupt nicht ähnlich sind, womit gleich klar wird, warum wir uns gleichzeitig anziehen und abstoßen. Alles in allem, wenn ich mit dem Buch über meine Mutter fertig bin, falls ich jemals ein Buch über meine Mutter zustande bringen sollte, dann schreibe ich sicher auch ein Buch über Donald. Vielleicht sollte ich selbst dann, wenn ich das Buch über meine Mutter nicht schreibe, eines über Donald schreiben. Gäbe es Donald nicht, würde es vielleicht auch mich nicht geben, ganz bestimmt nicht. Es ist schwer, eine Blume zu verpflanzen, man muß ihr die gleichen Bedingungen bieten, die gleiche feuchte Erde, den gleichen Anteil an Mineralien.

Wenn hingegen ein Mensch umsiedelt, ändert er seine Umgebung von Grund auf, was völlig logisch ist, denn, wäre die Welt überall gleich, würde man kein Bedürfnis nach Veränderung spüren, und kein Mensch würde den Ort wechseln, wenn der zweite genauso ist wie der erste. Kurzum, Donald war und ist mein Gärtner. Ohne ihn wäre ich schon längst verwelkt. Meine Mutter hätte das begriffen, weil sie sich auf Blumenpflege verstand. Die Usambaraveilchen gediehen unter ihrer Hand zusehends. Einmal, vor vielen Jahren, gab es in unserer Wohnung so viele Töpfe mit Usambaraveilchen, daß wir uns nur hüpfender Weise in ihr bewegen konnten. Sie schrieb dieses üppige Wachstum ihrer Fähigkeit zu, mit den Blumen zu reden. Für mich waren alle Veilchen gleich, der einzige Unterschied bestand in der Farbe der Blüten, wobei, wenn ich mich nicht täusche, die weißen vorherrschten, während Mutter für jedes einen eigenen Namen hatte. Ich weiß nicht, wie lange das gedauert haben mag; an den Dingen in der Familie war ich nämlich nie interessiert; jetzt habe ich keinen mehr, den ich fragen kann. Hätte ich sie gefragt, hätte sie mich angehört. Sie konnte zuhören. Auch mein Vater konnte zuhören, aber sehr bald schob sich vor seine Augen ein heller Schleier ähnlich jenem durchsichtigen Lid bei manchen Vögeln, und das war das Zeichen dafür, daß er sich, ohne sich zu rühren, immer schneller rückwärts bewegte, in sich zusammensank. Meine Mutter hingegen verlor nie die Konzentration, sie war genauso geduldig, wie sie hartnäckig war. Daraus kannst du keine Story machen, wiederholte Donald. Er erregte sich jedesmal, wenn er versuchte, mir zu erklären, was eine Story ausmache. Jedesmal betonte er die Notwendigkeit der Bewegung, die Unvermeidlichkeit einer Handlung. Donald verachtete Schriftsteller, die sich gewisser Tricks bedienten, insbesondere einen, er konnte sich nicht mehr erinnern, wer das war, der behauptete, ein Schriftsteller sei eigentlich ein Zauberer. Das Weltall mag ja unvorstellbar verworren sein, sagte Donald, aber eine Story muß klar sein. Auch das schrieb ich auf ein Stück Papier und heftete es mit einem Magnet an meinen Kühlschrank, obwohl ich mir nicht vorstellen konnte, wie ich aus etwas mir Unklarem etwas allen, also auch mir, Verständliches machen sollte. Ein Schriftsteller ist so etwas wie ein Filter in einem Kaffeeautomat, meinte Donald, er muß genau wie ein Filter, den nutzlosen Kaffeesatz zurückhalten und nur die Flüssigkeit, den Saft, das Wesentliche durchlassen. Wenn ein Schriftsteller viel erklärt, fuhr er fort, dann bleibt er im Kaffeesatz stecken, dann schafft er es nicht, das Filterpapier zu überwinden. Dieses Bild gefiel ihm, und er war tagelang stolz auf sich. Einmal zwang er mich sogar zuzuschauen, wie man Kaffee zubereitet, wie das Wasser, immer dunkler werdend, in das Glasgefäß tropft. Dann nahm er triumphierend den Filter mit dem feuchten Kaffeesatz heraus. Ein anderes Mal ließ er sich lang und breit über seine Theorie aus, nach der sich der Unterschied zwischen einer fortschrittlichen und einer rückschrittlichen Weltanschauung gerade im Umgang mit dem Kaffeesatz widerspiegelt, und wies darauf hin, daß die rückständigen Völker auch den Kaffeesatz in die Tasse gießen. Er grinste mich über den Tisch hinweg an, als hätte er soeben die allumfassende, die endgültige Theorie erfunden, auf der das gesamte Weltall gründet. Hätte er mir das in Belgrad gesagt, hätte ich ihn auf der Stelle sitzenlassen, aber in Nordamerika gewöhnt man sich an solche Theorien. In solchen Dingen ist jeder Nordamerikaner sturer als meine Mutter. Sie hätte nicht soviel Verständnis dafür gehabt. Für sie, die aus Bosnien stammte, stellte das Kaffeetrinken einen Augenblick dar, in dem man sich der Tagessorgen ledig dem Göttlichen näherte, dicht neben dem Rocksaum des Herrn saß. Übrigens, würde sie sagen, ist im Kaffeesatz die Zukunft enthalten. Kaffee mit dem Satz zu trinken, bedeutete also, alle Segmente der Zeit zu vereinen, beziehungsweise heißt das, daß derjenige, der Kaffee ohne den Satz trinkt, nur in der Gegenwart lebt. Als ich ihm das erklärte, winkte Donald nur ab und meinte, dies sei nichts als ein weiterer Beweis für unsere Geschichtsbesessenheit. Das bißchen Geschichte, das es in seinem Land gab, nahm er ohnehin nicht ernst, als wäre die Geschichte ein Prozeß, der in beide Richtungen führt, als könnte man sie erneuern und ändern, als könnten sich alle erschlagenen Indianer und Bisons wieder in der welligen Prärie einfinden. Wenn ich je das Buch über meine Mutter schreiben sollte, dann werde ich auch ein Buch über Donald verfassen, das weiß ich jetzt mit Bestimmtheit. Aller Anfang ist schwer, pflegte meine Mutter zu sagen, danach ist es leichter, man muß nur erst das Eis brechen. Ich möchte wissen, was sie sagen würde, wenn sie das Eis hier sähe. Vielleicht wäre es möglich, dieses Eis aufzubrechen, aber das wäre gleichzeitig sowohl der Anfang als auch das Ende. Nach dieser Anstrengung wäre einem alles völlig gleichgültig, man hätte nur noch den

Wunsch, sich in dieses bläuliche Loch zu legen und nie mehr aufzustehen. Könnte ich ihr Briefe schreiben, nein, hätte es einen Sinn, ihr Briefe zu schreiben, würde ich sie fragen, warum ich ihrer Meinung nach von allen Orten auf der Erdkugel ausgerechnet diesen gewählt habe, wo es zwischen dem Ende des eines Winters und dem Anfang des nächsten eine kurze und trügerische zweimonatige Periode gibt, in der nur mit äußerster Mühe der Frühling, der Sommer und der Herbst zu erkennen sind. Sie hatte auf schwierige Fragen immer eine Antwort, sogar auf solche, die nicht ausgesprochen wurden. Sie las in mir wie in einem Buch, wie man gewöhnlich sagt. Sie las in uns allen wie in einem Buch, in meinem Vater, in meiner Schwester und in mir. Wir waren so etwas wie eine wandelnde Bibliothek, und kein Einband konnte uns schützen, obwohl wir das selten wirklich wollten. Häufiger sehnten wir uns nach dem Gegenteil, danach, daß sie uns, wenn wir schon Bücher waren, nahm, in uns blätterte und uns sagte, wie wir das Problem lösen könnten, mit dem wir uns herumschlugen. Dazu gingen wir in die Küche, in ihr Reich, was heute keine Frau akzeptieren würde – diese Spezies ist längst verschwunden, ohne daß sie je auf der Liste der bedrohten und geschützten Geschöpfe gestanden hat –, setzten uns auf die harten Stühle oder Hocker, schwiegen und warteten, daß sie uns das erklärte, was wir nicht begriffen. Mein Vater war Arzt, ein Mensch der Wissenschaft und der Tatsachen, er wußte, wie der menschliche Körper funktionierte, was die beste Lage für die Frucht in der Gebärmutter ist und wo rote und weiße Blutkörperchen entstehen; meine Schwester studierte

Mathematik und für sie war alles eine konkrete Abstraktion, alles, die Sterne am Himmel und die Ameisen in ihrem unterirdischen Haufen, konnte durch mathematische Gleichungen und durch eine Menge griechischer Buchstaben definiert werden; ich fahndete in der Literatur nach der gleichen strengen Logik, die es einem Architekten ermöglicht, ein Haus zu bauen, oder einem Mechaniker, einen Motor zusammenzusetzen. Und dennoch warteten wir alle ergeben auf Mutters Urteil, das jede Logik, jede Tatsache und jedes Zahlengesetz mißachtete. In der Küche war es im Winter immer warm und im Sommer kühl. Wir kamen nie dahinter, wie sie das sogar dann zustande brachte, wenn im Herd kein Feuer knisterte oder wenn durch die weit geöffnete Balkontür die Julihitze hereindrang. Nachdem sie gestorben war, herrschte in der Küche im Winter Kälte und im Sommer Hitze, da half es wenig, daß ich inzwischen einen Elektroofen besorgt und Jalousien an den Fenstern angebracht hatte. Einige Dinge erfahren wir nie, und ich vermute, daß darin der Sinn unseres Seins liegt. Donald würde das nicht gefallen, oder vielleicht doch, vielleicht würde er sogar auch das in seinem Notizbüchlein vermerken, ich bin mir da nicht sicher. Ich bin mir keiner Sache mehr sicher, während ich hier, schon etwas steif geworden, sitze und der Stimme lausche, die mich durch die Zeit und von jenseits des Lebens erreicht. Mein Vater lehrte mich mit Beispielen, mit Gesten, mit Worten, wie wenn einer sagt: So hält man das Messer, so wird Rasierschaum geschlagen, so gesteht man einer Frau, daß man sie liebt. Meine Mutter lehrte ohne etwas, allein durch ihre Anwesenheit oder

Abwesenheit, durch die Stille, ohne Worte. Ich weiß nicht, ob ich das Donald erklären könnte, ich weiß nicht einmal, ob ich es mir klargemacht habe. Traue nie einem Lehrer, der mit Hilfe von Worten unterrichtet, würde ich Donald sagen, weil er dich lehrt, daß die Welt erst dann zu erkennen ist, wenn man sie neu konstruiert, als genügte die Welt an sich nicht. Vielleicht bin ich deswegen in den nördlichen Teil der Welt gegangen, weil man, je weiter man nach Norden geht, immer weniger das Bedürfnis nach einer Konstruktion verspürt, die Welt wird dort immer mehr nur die Welt, sauber und klar in ihrer entsetzlichen Einfachheit. Das heißt natürlich nicht, daß man sie besser versteht, sondern nur, daß es zwischen einem selbst und der Welt immer weniger Mittler gibt. Allerdings bin ich nicht weit genug gegangen, sage ich laut und muß im selben Augenblick das Tonbandgerät anhalten, weil meine Worte zusammen mit denen meiner Mutter erklingen. Sie wartete auf meine Antwort, aber als sie merkte, daß ich nicht die Absicht hatte, etwas zu sagen, daß mein Kopf immer tiefer sank und ich wahrscheinlich auf dem vor mir liegenden Papier herumkritzelte, stand sie auf und setzte sich wieder. »Wenn jemand verschwunden ist«, sagte sie, »dann gibt es keine Worte, die ihn zurückholen können.« Ich spule das Band zurück und höre mir diesen Satz noch einmal an. Ich denke an die Familie, die hier gelebt hat, bevor ich in dieses Haus einzog. Als mir die Hausbesitzerin, eine magere alte Chinesin, die Schlüssel übergab, erzählte sie, daß diese Familie zurückgehen mußte, weil der Sohn verunglückt war. Sie sagte weder, wohin sie zurückgegangen, noch, woher sie gekommen war, noch, wie der Sohn verunglückt war, noch, warum sie mir das alles erzählte. Sie gab mir die Schlüssel, deutete eine Verbeugung an und ging weg. Jetzt kommt mir der Gedanke in den Sinn, daß sie mir das nur deswegen erzählte, damit ich den Geschichten meiner Mutter besser oder wenigstens aufmerksamer zuhöre. Noch so ein Unsinn, würde Donald dazu sagen, noch so eine unsinnige Bestrebung, den Dingen eine größere Bedeutung zuzuschreiben, als sie wirklich haben. Das Haus war blitzsauber, auf dem Küchentisch stand sogar eine Vase mit einem Sträußchen Feldblumen. Ich spule das Band wieder zurück, drücke die Taste am Tonbandgerät. »Wenn jemand verschwunden ist, dann gibt es keine Worte, die ihn zurückholen können«, sagt Mutter. Das wäre für die trauernde chinesische Familie bestimmt kein Trost gewesen. Ich weiß nicht, warum ich meine, daß auch sie Chinesen waren. Vielleicht wegen der nicht angebrochenen Tüte Reis, die ich in einem der Küchenschränke gefunden habe? Schon wieder solch ein Unsinn, würde Donald sagen, heutzutage essen alle Reis, die streng nationale Küche gehört der Vergangenheit an, auf jeder Speisekarte findet man nicht nur Sojasauce, sondern auch Baklava und Humos und Pizza und Sauerkraut mit Würstchen, egal ob man im Osten oder im Westen, im Norden oder im Süden ist. Das ist es gerade: Wer glaubt, daß die Himmelsrichtungen nicht mehr wichtig sind, für den ist auch die Welt nicht mehr wichtig, genauso wie es für den, der behauptet, alle Menschen seien gleich, keine Individuen gibt, sondern nur ein brodelndes Meer gestaltloser Einzelner, so als wären die Menschen Fische oder Tomaten. Der Norden ist der

Norden, der Süden ist der Süden, und wer sich nach dem Norden sehnt, der kann nicht auf einmal ein Liebhaber des Südens sein. Ich bin gerade deshalb in den Norden gegangen, weil ich dem Süden nicht mehr vertraute. Die Wärme macht die Menschen sanft, sie bringt sie dazu, an Erscheinungen zu glauben, an Visionen, die man auf der Spitze eines Berges oder am Eingang einer Einsiedlerhöhle gehabt hat. Der Norden erlaubt keine Zerstreutheit; der Norden verlangt Festigkeit; der Norden ist die Reduktion selbst. Es ist das Verderben meines ehemaligen Landes, daß es dem Süden zu nahe war. Dies verleitete die Menschen dazu, an Visionen zu glauben, und ließ zugleich diese Visionen trügerisch werden. Denn kaum glaubte man, etwas gepackt zu haben, stand man mit leeren Händen da, statt zu steigen, fiel man, stürzte in ein Nichts. Ein Land, das zwischen vier Himmelsrichtungen hin- und hergerissen ist, sagte ich zu Donald, während wir uns über die Landkarte beugten, ein Land wie das meine, ein wenig im Norden, ein wenig im Süden, teils im Osten, teils im Westen, so ein Land mußte untergehen. Wenn dann noch die zentrifugalen Kräfte die Gebiete am Rand wegbrechen lassen, sagte ich und fuhr mit dem Zeigefinger über Slowenien, Kroatien, Serbien, Mazedonien und Montenegro, dann kommt es dazu, daß die sich selbst überlassenen und wildgewordenen Zentripetalkräfte das zermalmen, was in der Mitte liegt. Ich drückte meinen Daumen auf Bosnien und blickte ihm in die Augen. Donald lächelte daraufhin und nickte; hätte ich ihn nicht gekannt, wäre ich sicher gewesen, er habe alles verstanden. Wäre die Historie so wie die Physik, sagte er, dann könnten wir sie in Formeln fassen und immer im voraus ihren Ausgang wissen, was uns helfen würde, diesem zuvorzukommen, aber das Problem liegt darin, daß die Historie keine Physik ist. Jetzt blickte er mir in die Augen. Meine Mutter sagte immer, in den Augen stehe alles geschrieben und man solle nie einem Menschen trauen, der dem Blick anderer ausweicht. Von solchen Menschen sagte sie, sie hätten Ölaugen, während die Rastlosen Kreiselaugen hätten, die Kranken hätten Glutaugen, die Neugierigen Bohreraugen, die Ängstlichen Rehaugen. Zu mir sagte sie einmal, ich hätte Augen wie Kornelkirschen. Noch heute weiß ich nicht, wie Kornelkirschen aussehen, aber jedesmal, wenn ich mich im Spiegel sehe, denke ich an sie. Donald hat kleine Augen und er zwinkert oft, als wären sie voller Staub. Vielleicht sollte ich ihm auch nicht trauen, aber wenn ich ihm nicht traute, was bliebe mir dann noch? »Wenn jemand verschwunden ist, dann gibt es keine Worte, die ihn zurückholen können«, sagt meine Mutter zum viertenmal. Damals war mein erster Gedanke, daß sie es mir doch übelnahm, daß ich, weil ich ihr Leben festhalten wollte, sie nach Vaters Tod überredete, von sich zu erzählen. Ich rutschte ungemütlich auf dem Stuhl hin und her, machte einen Schmollmund und runzelte die Stirn. Das alles sollte ihr zu verstehen geben, hoffte ich, daß ich ihre Ansicht nicht teilte. Hatte sie nicht vorhin erst gesagt, daß der Sinn des Lebens, so tragisch es auch verlaufen sein mag, nicht in der Nennung der Schuldigen besteht? Ich schaute mürrisch über den Tisch zu ihr hinüber. Was immer ich bis dahin über die Literatur gedacht haben mochte, jetzt war ich bereit, sie in Schutz zu nehmen, ihr Recht auf die Worte und damit auch auf die Möglichkeit zu verteidigen, jemanden, den es nicht mehr gibt, zurückzuholen. »Du sollst nicht böse sein«, sagte Mutter, »als ich jung war, glaubte ich auch daran, daß man die Welt beschreiben kann, aber dann haben sich Dinge ereignet, die sich jeder Beschreibung entzogen, und deshalb kann ich nicht mehr daran glauben.« Ich wußte nicht, was ich sagen sollte. Ich war zwar noch mürrisch, spürte jedoch, wie sich allmählich ein Lächeln auf meinem Gesicht breitmachte. Ich hatte nie zu denen gehört, die lange böse sein können. »Es gibt nur einen Weg, sich dem Bösen zu widersetzen«, sagte Mutter, »man muß in sich selbst ein Körnchen Güte finden. Wenn du ständig daran denkst, wer der Schuldige ist, machst du jede Güte in dir zunichte. Ich sage nicht, daß man vergessen soll, denn auch das Vergessen ist eine Art von Schuld, weil es einen zum Bösen verleiten kann, sondern daß man nur nicht aufhören soll, daran zu denken. Deswegen habe ich mich übrigens in der jüdischen Gemeinde sicher gefühlt. Hätten die Juden immer an die Schuld denken wollen, dann hätten sie nach dem Krieg nirgendwo in Jugoslawien oder sonstwo auf der Welt mehr etwas zu suchen gehabt, aber sie sind hiergeblieben. Sie gaben niemandem die Schuld, sie trugen lediglich die Namen aller Ortschaften und der Menschen aus diesen Ortschaften in ihre Hefte und Stammbücher ein. Sollte je wieder eine Zeit kommen, in der nach den Schuldigen gefahndet würde, brauchten sie nur ihre Listen hervorzuholen und auf die Ortschaften hinzuweisen. Mehr wäre nicht nötig.« Ich verstand nicht ganz, wovon sie sprach, wußte auch nicht, welcher

Gesichtsausdruck dazu paßte. Jetzt aber verstehe ich und weiß es. Ich habe sogar versucht, es Donald zu erklären, als er mich fragte, weswegen da unten, in meinem Land, überhaupt Krieg geführt würde. Wegen der Schuld, sagte ich ihm. Wegen Menschen, die behaupten, es sei wichtig zu wissen, wer die Schuldigen an etwas sind, was sich in der näheren oder ferneren Vergangenheit zugetragen hat, selbst wenn man dadurch neue Schuldige schafft, selbst wenn man dabei jede Möglichkeit ausschaltet, nur mit der Erinnerung an die Schuld zu leben. Und natürlich, sagte ich ihm, als diese Menschen sich dann an die Juden wandten und sie aufforderten, als Zeugen die Schuldigen zu nennen, holte die jüdische Gemeinschaft nur ihre Listen mit den Namen und den Orten raus, sagte aber sonst nichts. Aus den Listen ging deutlich hervor, sagte ich, daß alle, die am vorigen Krieg teilgenommen hatten, der in der Vorstellung derer, die die Nennung der Schuldigen verlangten, der jetzige Krieg sein sollte, als wäre es möglich, in die Vergangenheit zurückzukehren, also daß alle, sagte ich ihm, mit Ausnahme der Partisanen in jenem Krieg Juden getötet hatten. Deswegen hielt die jüdische Gemeinde weniger von der Nennung der Schuldigen als von der der Opfer. Ich kam mir vor wie jemand, der eine politische Rede hält, war dafür aber sicher, daß ich Donald damit tatsächlich erreichte. Donald traute nämlich den Politikern, nicht weil er meinte, sie lögen nicht, sondern weil er überzeugt war, daß sie nicht zuviel lügen dürften, weil sie sonst Gefahr liefen, dabei ertappt, ihre politische Karriere an den Nagel hängen zu müssen. Meine Erfahrungen waren da anders. Ich traute den Politikern nicht, weil ich dort, wo ich gelebt hatte, gelernt hatte, daß die Politiker, wenn es sein mußte, lediglich eine Lüge durch eine andere ersetzten, ohne daß dies im geringsten ihre Karriere beeinträchtigte. Das konnte man am deutlichsten sehen, sagte ich zu Donald, als der neue Krieg begann. Die Flut der schamlosen Lügen, die in kürzester Zeit verbreitet wurden, sucht ihresgleichen in der Geschichte der menschlichen Ehrlosigkeit. Donald klopfte mir auf die Schulter. Die Kanadier berühren sich eigentlich selten, aber das Schulterklopfen ist als eine Art Verstehen und Trösten erlaubt. Donald wollte mich wohl trösten; denn ich bezweifele, daß er mich verstanden hatte. Er sagte zwar, es sei für einen Schriftsteller natürlich, nach der Wahrheit zu suchen, obwohl das, fügte er hinzu, einigermaßen absurd sei, bestehe doch sein Handwerk darin, mit Erfundenem, also letzten Endes mit einer Art Erlogenem zu arbeiten. Kurz, er dachte, ich sei weggegangen, weil ich dem Druck der Lügen nicht mehr habe standhalten können, dabei bin ich weggegangen, weil ich den Druck der Wahrheit nicht mehr ertrug. Im Frühjahr 1994 bot sich mir nämlich die Gelegenheit, als Dolmetscher für eine internationale humanitäre Organisation nach Banja Luka zu reisen. Der Krieg wütete noch immer an allen Fronten, die Straßen waren zerstört und unsicher, und wir stießen dauernd auf Kontrollstationen oder Hindernisse, die uns zu Umwegen zwangen. Verwahrloste, bärtige Soldaten prüften aufmerksam unsere Papiere, verlangten von uns Zigaretten, kauten auf Grashalmen und spuckten. Als wir nach Derventa kamen, dachte ich, so müsse Hiroshima ausgesehen haben und so sehe es wohl noch immer auf dem Mond aus. Wir mußten einen Vulkaniseur aufsuchen, in diesem Kriegschaos waren nur deren Werkstätten immer geöffnet. Meine Mutter behauptete, daß zu ihrer Zeit in Derventa Menschen vierzehn verschiedener Nationalitäten gelebt hätten, das hat sie mir sogar nur zwei oder drei Monate vor ihrem Tod, als meine Reise noch gar nicht anstand, noch einmal gesagt. Ich habe ihre Behauptung nie überprüft, denn selbst wenn es nicht vierzehn, sondern nur neun oder fünf Nationalitäten gewesen wären und wenn es auch um einen anderen Ort, zum Beispiel um Bijeljina oder Brčko, gegangen wäre, hätte das nichts an dem geändert, was sie mit ihrer Behauptung hatte ausdrücken wollen. Den Meister, der unter unserem Wagen liegend irgendwelche Schrauben festdrehte und mit einem Hammer gegen die Achse schlug, fragte ich, wer alles jetzt hier lebe. Niemand, sagte er, nur die Unsrigen. Die Vertreter der humanitären Organisation wollten wissen, wovon wir sprachen. Der Meister kroch unter dem Auto hervor, wischte sich die Hände an der fettigen Soldatenhose ab und bat mich, ihnen zu sagen, daß er gleich nach dem Ende des Krieges hier, nahe seiner Werkstatt, eine Kirche mit dem höchsten Glockenturm auf dem Balkan errichten wolle. Er wußte aber nicht, wo sich einst der Tanzsaal befand, in dem meine Mutter ihren ersten Ehemann kennengelernt hatte. Auch wenn es ihn noch gibt, sagte er, wird jetzt der Wind durch ihn pfeifen. Er hob seinen Blick zum Dach seiner Werkstatt, wir alle taten es ihm nach. Überall Löcher, durch die man den Himmel sah. Die Vertreter der humanitären Organisation fragten, ob sie die Werkstatt, das durchlöcherte

Dach und die zerschlagenen Fensterscheiben fotografieren dürften. Davor hatten sie, ohne zu fragen, aus dem fahrenden Auto fotografiert. Auch später ließen sie bis Banja Luka ihre Fotoapparate nicht los, außer um Filme zu wechseln oder Batterien auszutauschen. Bevor wir weiterfuhren, wollten sie wissen, warum fast alle Häuser in fast allen Dörfern, durch die wir gefahren waren, niedergebrannt seien. Auf allen umliegenden Bergen sahen wir, soweit unser Blick reichte, nur verbrannte Häuser, sagte einer von ihnen. Der Meister schaute sie an und fragte mich, ob ich ihnen das von der Kirche mit dem höchsten Glockenturm übersetzt hätte. Als ich das bejahte, verlangte er, ich solle es ihnen wiederholen. Als ich es wiederholt hatte, wollte er, ich solle ihnen das noch einmal sagen. Wenn es so weitergeht, dachte ich, kommen wir nie nach Banja Luka. Der Meister war zufrieden. Diesen Ausländern, sagte er, muß man jede Sache ein paarmal erklären, sonst kapieren sie nichts. In einer Ecke der Werkstatt stand an die Wand gelehnt eine auf Hochglanz gebrachte Maschinenpistole. Später, als wir dann zusammen mit der Abenddämmerung in Banja Luka eintrafen, führte man uns zunächst zu einem menschenleeren Platz, wo, wie man uns sagte, die Kirche wiederaufgebaut würde, die die Ustaschas im vorigen Krieg zerstört hätten, wobei die Juden von ihnen gezwungen worden seien, Ziegelsteine und Schutt wegzuräumen. Ich wußte nicht, ob sich das wirklich so zugetragen hatte, aber das war auch nicht mehr wichtig. Ich war Dolmetscher und kein Geschichtsdeuter. Die Geschichte hörte hier übrigens auf zu existieren, beziehungsweise, es gab eine nachgeschichtliche Zeit, die eine andere Zeit wiederholen sollte, als wäre das Leben ein Lehrbuch, aus dem man einzelne Blätter herausreißen und durch neue, die eigentlich alte sind, ersetzen könnte. Selbst Dolmetscher tauchten erst auf, als der Babylonische Turm zerstört war, der vielleicht nicht wirklich eine Kirche oder ein Tempel war, der aber gewiß bis zum Herrgott reichen sollte. Irgendwo habe ich gelesen, Gott habe angeblich Angst bekommen, daß die Menschen, die alle dieselbe Sprache sprachen, viel mehr erreichen könnten, als er sich vorgestellt hatte, falls er sich überhaupt etwas vorgestellt hatte, und so habe er die Sprachverwirrung gestiftet, wodurch das Bedürfnis nach Sprachvermittlern entstand. Da – wir waren schon auf dem Weg zurück nach Belgrad, zwar nicht auf der gleichen Straße, die wir gekommen waren, weil wir wegen wiederaufflammender Kämpfe in der Nähe des Save-Korridors auf kleinere Wege ausweichen mußten –, da dachte ich, während wir über Schlaglöcher holperten und auf Staubkörner bissen, auch mein Land falle auseinander, weil sich einer, obwohl es besser wäre, hier die Mehrzahl zu benutzen, daran störte, daß alle Menschen dieselbe Sprache sprechen. Gott hat aus diesem Grund den Turm zu Babel zerstört, und hier, in meinem Land, wurden Moscheen in die Luft gesprengt, Klöster niedergebrannt, Kirchen abgerissen. Wenn Gott mit seinem Werk zufrieden war, dann fällt es schwer, den anderen die gleiche Zufriedenheit zu verwehren. Ich habe erst gar nicht versucht, das den Vertretern der internationalen humanitären Organisation klarzumachen, und hätte ich es versucht, hätten sie mich mit dem gleichen Unverständnis angeschaut wie Donald, als ich, mit dem

Zeigefinger weiter über die Landkarte wandernd, die Geschichte meiner Irrfahrt zu Ende erzählte. In Belgrad angekommen, kündigte ich noch am selben Abend, womit ich meine Dolmetscherkarriere beendete, und stand bereits am nächsten Morgen vor der kanadischen Botschaft Schlange. Weil ich auf meinem Glauben an die gemeinsame Sprache beharrte, sagte ich Donald, hatte ich mich in einen prähistorischen Menschen verwandelt. Ich lebte in einer Historie, die nicht mehr existierte, und in einer Zeit, von der alle behaupteten, es habe sie nie gegeben. Einem solchen Menschen bleibt nichts anderes übrig, sagte ich, als freiwillig ins Exil zu gehen und auf diese Weise denen zuvorzukommen, die ihn mit Gewalt dorthin schicken würden. Das Exil ist letzten Endes nur ein anderer Name für die Wahrheit, sagte ich zu ihm, wenngleich man behaupten kann, fügte ich hinzu, daß es unseren Dauerzustand beschreibt, bedenkt man nur, daß Adam und Eva, als sie die Wahrheit erkannten, aus dem Paradiesgarten vertrieben wurden. Ich glaube, meine Mutter wäre mit einer solchen Interpretation einverstanden gewesen, Donald aber blieb hartnäckig. Er meinte, ich würde biblische Allegorien leichtfertig akzeptieren und noch leichtfertiger, wie er sich ausdrückte, reininterpretieren, denn Adam und Eva seien nicht wegen der Wahrheit, sondern wegen ihrer Unbotmäßigkeit aus dem Paradies gejagt worden. Soweit waren wir gekommen, daß wir im Restaurant auf der Flußinsel bei Kaffee und Bier über die Bedeutung uralter Texte stritten, von denen, Hand aufs Herz, weder er noch ich viel Ahnung hatten. Meiner Mutter wäre so etwas nicht passiert. Im Unterschied zu den meisten

Menschen sprach sie nie von etwas, worüber sie nicht Bescheid wußte, was ich offensichtlich nicht von ihr gelernt habe. Das, worüber sie Bescheid wußte, gleichgültig ob es um das Einmachen oder um die Anwendung von Hausmitteln ging, konnte sie bis zum letzten Blutstropfen verteidigen, wenn sie aber etwas nicht wußte, dann sagte sie es so laut, daß es jeder hörte. Sie konnte zum Beispiel nicht begreifen, daß jemand bereit ist, für seine Träume oder für seine Ideale zu sterben, aber sie respektierte den Tod derer, die nicht bereit waren, das zu leugnen, was sie mit eigenen Augen gesehen hatten. Die Welt war eine Tatsache oder es gab sie nicht, etwas Drittes konnte man da nicht erfinden. Deshalb glaubte sie nicht an Engel, Teufel, Zwerge und Hexen. Ich nehme an, daß sie auch nicht an Gott glaubte, obwohl sie das nie gesagt hat. Sie sprach von etwas anderem: davon, daß sie, nach allem, was sie in ihrem Leben durchgemacht hatte, daß sie, nachdem sie – das sind ihre Worte – durch dick und dünn gegangen war, nur an ihre beiden Hände glauben konnte. Und immer, wenn sie sagte, daß sie ein klein wenig Angst vor Gott habe, fügte sie gleich hinzu, daß sie die Obrigkeit überhaupt nicht fürchte. Auch das habe ich nicht von ihr gelernt, vielmehr starb ich genau wie mein Vater bei jeder Begegnung mit Polizisten, Zöllnern oder Steuerbeamten vor Angst tausend Tode. Ich fühlte buchstäblich, wie meine Knie weich wurden, und merkte, wie ich diese Menschen, selbst wenn ich größer war als sie, irgendwie von unten anschaute. Mutter war imstande, zum Bürgermeister zu gehen und mit der Faust auf den Tisch zu hauen. Für sie war das ein Klacks; für uns war es eine

Tat von mythischen Ausmaßen. Obwohl sie nie wütend geworden war, zitterten wir im Haus alle vor ihrem Zorn, was ich mir jetzt nur als Ausdruck des Respekts erklären kann, denn sie hat meiner Schwester oder mir gegenüber nie ihre Stimme erhoben. Ich weiß nicht, woher diese Angst vor einer Person kam, auf die jedes Tier, die Hunde oder die Katzen im Haus, die Ochsen oder die Ziegen im Dorf, zulief – sogar die Spatzen pickten Körner aus ihrer Hand, das habe ich mehr als einmal erlebt –, von den Menschen ganz zu schweigen. Sie mußte nur sitzen und warten, sie brauchte zu niemandem zu gehen, die anderen fanden immer zu ihr. Auch diese Kunst habe ich nicht gelernt. Ich gehe vielmehr auf die Menschen zu, breite meine Arme aus oder schweige in der Erwartung, daß sie mich erkennen. Darüber wollte ich eigentlich mit Donald sprechen. Darüber, daß wir nie genug über die wissen, die uns am nächsten stehen, darüber, daß wir auf der Suche nach Lehrern große Entfernungen zurücklegen, statt uns denen zuzuwenden, die uns so nahe sind, daß unser Schatten auf sie fällt. Donald würde bestimmt sagen, daß man einen Lehrer immer mit dem Licht in Verbindung bringt, aber jetzt, eingeengt in diesem kanadischen Häuschen, weiß ich, daß man die wahre Lehre auch ohne Licht finden kann. Wenn man uralten Büchern glauben darf, schuf Gott den Tag, aber genauso die Nacht, und er sagte nie, das eine sei besser als das andere. Das könnte ich Donald sagen, aber dann würden wir wieder in eine Diskussion über Dinge einsteigen, von denen wir zu wenig wissen. Weder ist er ein besonders guter Christ, noch bin ich ein besonders guter Jude. Wir beide schwimmen an der

Oberfläche des Lebens, obwohl über unsere Lippen ständig Geschichten darüber kommen, wie wir aus der ganzen Fülle des Lebens schöpfen. Hätte ich von meiner Mutter gelernt, dann wüßte ich, daß man die Fülle dadurch erreicht, daß man das Leben einfach lebt. Dann würde ich es nicht wie madiges Mehl ständig durch ein Sieb streichen und nicht in ihm herumstochern wie ein Kind, das in dem Hühnerfleisch auf seinem Teller nach Sehnen sucht. Jetzt ist es natürlich zu spät. Ich sitze in einem Haus am Rande einer Stadt, in einem Land, das wie einst das meine den Sinn in der ständigen Bestätigung seiner Sinnlosigkeit und im Warten auf den Augenblick findet, in dem es von allein in sich zusammenfällt. Ich bin unendlich weit von all dem entfernt, was mich einst zu dem gemacht hat, was ich bin oder was ich sein konnte oder was ich gewesen war. Dieses Chaos von grammatikalischen Tempora beweist ebenfalls, wieweit ich außerhalb des Lebens stehe, das nur das Präsens kennt und in dem es keine Grammatik gibt. Es drängt mich, das dem Tonbandgerät zu sagen, es ihm als Antwort auf sein ununterbrochenes Piepsen anzubieten. Dieses Geräusch ist die einzig reale Stimme in diesem Raum, denn Mutters Stimme ist eine Täuschung, ein Durcheinander von Tonbandaufzeichnungen, und meine Stimme gibt es nicht, meine Stimme ist stumm. Ich schweige seit langem. Ab und zu greife ich nach der Tasse und trinke einen Schluck kalten Kaffee, ab und zu stehe ich auf und mache zwei, drei Schritte, ab und zu recke ich mich, das ist alles. Selbst wenn ich auf der Straße, im Bus oder, was am häufigsten vorkommt, in einem Einkaufszentrum auf lautstarke Zuwanderer aus meinem ehemaligen Land stoße, wenn ich von der weichen bosnischen Aussprache, von dem lang-gedehnten Idiom der Vojvodina oder von irgendeiner anderen mimikrischen Form meiner Sprache eingehüllt werde, rede ich nicht, ich schweige. Manchmal folge ich ihnen nur, zumeist sind das ein Mann und eine Frau mit zwei Kindern, im Winter zu warm angezogen für das Einkaufszentrum und zu leicht für die Außentempera-tur, im Sommer mürrisch wegen der trockenen Hitze draußen und verschreckt von der schneidenden Kälte aus den Klimaanlagen drinnen. Ich folge ihnen, laufe von einem Geschäft zum anderen, nicht weil ich an ihren Gesprächen interessiert bin, denn das sind meist nur den Kindern zugeschriene Drohungen oder hämi-sche Kommentare über die Qualität der hiesigen Wa-ren, sondern weil ich in dieses Meer von Klängen ein-tauchen möchte, in dem allein ich mich normal fühlen kann. Kein Wort von ihnen erreicht mich, dafür ist jede ihrer Stimmen auch meine Stimme, und ich forme stumm die Lippen, bewege meine Zunge, bereite mich auf das Vibrieren der Stimmbänder vor, stelle die Reso-nanz der Mundhöhle ein. Einmal, als ich in der Nähe ei-nes Ehepaars stand, das nach der Aussprache zu urtei-len aus Serbien stammte, erblickte ich in einem Spiegel neben einem Schaufenster mein Bild. Hätte ich nicht gewußt, daß ich es war, und hätte ich nicht gewußt, war-um ich mit geblähten Wangen, geschürzten Lippen und vorgerecktem Kinn da stand, hätte ich geglaubt, eine geistesgestörte Person vor mir zu haben. Da begegnete im Spiegel mein Blick dem der Frau. Für einen Augen-blick dachte ich, sie würde in mir einen Unbekannten erkennen, der ihr vertrauter war als alle anderen Menschen in diesem Einkaufszentrum, und ich riß die Augen noch weiter auf, aber sie stieß nur mit dem Ellenbogen ihren Mann an, ich vermute, es war ihr Mann, der daraufhin unwillig seinen Blick von den schwarzen Schlittschuhen, oder waren das schwarze Stiefel, löste und auf meine Gestalt im Spiegel blickte. So standen wir alle nebeneinander vor dem Schaufenster, fast auf Tuchfühlung, schauten einander an und existierten nur in den Spiegelbildern irgendwelcher anderen Welten. Sie versuchten nicht ein einziges Mal, mich wirklich anzuschauen. Ich sah, wie die Lippen des Mannes sich bewegten, während er der Frau etwas ins Ohr flüsterte, wie er sie unterhakte, wie sie weggingen. Als ich mich umdrehte, waren sie nicht mehr da. Wenn ich da nicht in meiner Sprache losgeschrien habe, werde ich nie mehr ein Wort herausbringen, sagte ich zu Donald. So bin ich, sagte ich zu ihm, ich zögere lang, aber wenn ich mich zu etwas entschließe, dann kann mich nichts mehr davon abbringen. So bin ich aus Jugoslawien weggegangen, so bin ich nach Kanada gekommen, und da ich nunmehr hier bin, kann ich mit Sicherheit nicht dort sein. In einer Sprache kann man sterben wie im wirklichen Leben, sagte ich zu ihm, und wenn ich schon gestorben bin, und das bin ich, dann verspüre ich nicht den geringsten Wunsch, einen Vampir oder ein Spuk zu spielen und wie ein rastloses Geschöpf aus den Erzählungen von Edgar Allan Poe durch die Räume meiner Sprache zu geistern. Da dachte ich gleich an Mutter, an ihre Stimme, die ich in den alten Tonbandrollen, die unter die Sakkoärmel gestopft waren, in meinem großen Koffer mitgebracht hatte. Die Bänder waren die einzigen unpraktischen Dinge, die ich nach Kanada mitgenommen hatte, alles andere in diesem Koffer hatte einen genau bestimmten Zweck, nichts davon war überflüssig, nichts unnützer Kram, wollte man nicht die vier Bücher dazurechnen, von denen zwei Wörterbücher waren und das dritte ein illustrierter Führer durch die Rocky Mountains, lediglich die Bibel in der Übersetzung von Daničić und Karadžić könnte man zur Kategorie der Bänder zählen. Zu dieser muß ich auch noch ein kleines buddhistisches Glöckchen hinzurechnen, ein Geschenk eines Freundes, der sich wahrscheinlich noch immer irgendwo in Indien aufhält. Es hat einen so honigsüßen Klang, daß es jederzeit, es braucht nur einmal zu klingeln, düstere Gedanken, ja sogar Müdigkeit zu vertreiben vermag. Das Glöckchen habe ich übrigens nicht im Koffer, sondern in der Manteltasche mitgebracht, und an seinem praktischen Wert habe ich nie gezweifelt. Während ich in Richtung Kanada flog und in Flugzeuge verschiedener Fluggesellschaften umstieg, nahm ich jedesmal, bevor ich durch eine Sicherheitskontrolle ging, das Glöckchen und andere Gegenstände aus meinen Taschen und legte sie auf verschiedenfarbige Metalltabletts. Immer fand sich ein Zollbeamter oder ein Polizist, der das Glöckchen mit Daumen und Zeigefinger an der Öse packte und es tüchtig schüttelte. Der Klang ertönte dann in den Gängen des Flughafens, die Beamten und die Passagiere lächelten, einer sagte, wie wunderbar diese Schelle sei, ein anderer fragte, woher ich sie hätte, ein dritter begann schon von einem ähnlichen Klang zu erzählen, den er am Ufer eines Sees gehört habe, und

bald sprachen alle durcheinander, reichten das Glöckchen von Hand zu Hand, während ich nur dastand und
dachte, was für eine günstige Gelegenheit das gewesen
wäre, etwas zu schmuggeln, hundert Gramm Haschisch
zum Beispiel oder ein verbotenes landwirtschaftliches
Produkt, irgend etwas, was mir bewiesen hätte, daß ich
meine Angst vor uniformierten Personen überwinden
kann. Aber wenn das Glöckchen dann am Ende wieder
zu mir gelangte, hatte ich Schweißperlen auf der Stirn,
als hätte ich tatsächlich Rauschgift in der Tasche oder
ein Bündel Ansichtskarten für Pädophile oder einen Kä-
fer, der imstande wäre, die ganze Kartoffelernte eines
Jahres zu vernichten, so daß meine Erleichterung, wenn
mich der Zollbeamte oder der Polizist durchwinkte,
echt und das Gefühl der Freiheit noch stärker war als
tatsächlich berechtigt. Schließlich verließ ich auch den
letzten Flughafen mit dem Koffer und der Tasche in den
Händen und fuhr in die Stadt mit dem Gefühl, daß ich,
wenn ich wolle, nie mehr in meiner Sprache reden müsse. Ich weiß nicht, warum ich mich gerade auf die Sprache versteift habe, ich hätte auch etwas anderes aussu-
chen können, unsere Nationalgerichte zum Beispiel
oder die Belgrader Presse, eigentlich alles, worauf ich
leicht hätte verzichten können. Aber als ich mich in ein
Taxi setzte, genauer in dem Augenblick, als ich dem
Fahrer in der anderen Sprache die Hoteladresse nannte,
fiel mir ein, daß ich nie mehr ein Wort in meiner Sprache sagen würde. Der Taxifahrer war ein Inder, und wer
weiß, vielleicht hätte er mich verstanden, wenn ich ihm
das gesagt hätte. Donald tat das nicht. Seiner Meinung
nach sei das eine wunderbare Methode, den Integra-

tionsprozeß zu beschleunigen, damit man sich möglichst bald wie ein Fisch im Wasser fühle, was natürlich, betonte Donald, nicht heiße, daß man sofort seinen Platz im Schwarm finde. Manchmal scheint mir, daß Donald in mir einen typischen Europäer sieht, dem man, weil er den nordamerikanischen Normen nicht angepaßt ist, alles dreimal wiederholen muß: deskriptiv, direkt und metaphorisch. Die Reihenfolge ist dabei unwichtig. Da sieht man, wozu unsere Gespräche, egal wo, führten: Während ich versuchte, klarzumachen, daß der Verzicht auf die Sprache eine der schnelleren Todesarten bedeutet, erzählte er von den Vorzügen der hiesigen Lebensweise, von der gesunden Ernährung und dem Sportsgeist, von einem Raum, der alle gleichmacht, weil er jedem soviel gibt, wie er zu nehmen gewillt ist. Wahrscheinlich glaubt Donald, die Europäer stellten sich Amerika und Kanada als einen offenen Raum vor, dessen Schönheit auf den abfärbt, der sich ihm hingibt. Hätte ich mehr Freunde, hätte ich ihn schon längst verlassen, so wütend macht er mich manchmal. Einmal habe ich gesagt, daß seine Haltung mich ärgert, aber er lächelte nur und antwortete, die Verärgerung sei eine typische Reaktion eines Europäers, der nicht gewöhnt sei, die Wahrheit zu hören, beziehungsweise der nicht daran gewöhnt sei, daß hier jeder die uneingeschränkte Freiheit habe, zu sagen, was er wolle. Nach dem, was in meinem ehemaligen Land passiert sei, sagte ich ihm, hätte ich gelernt, eine solche Freiheit zu fürchten, denn damit es Freiheit geben könne, müsse sie irgendwo eingeschränkt werden, sagte ich, bleibe sie aber uneingeschränkt, dann sei das eigentlich keine Freiheit mehr, sondern nur noch ein ewiges Streiten darüber, was Freiheit ist, und das raube dem Individuum die Kraft, gerade jenem moralischen Individuum, von dessen Überleben das Überleben der Freiheit abhänge. Donald sagte wie schon einige Male zuvor, ich sei verrückt, aber er verstehe das als eine Folge des Lebens in Verhältnissen, in denen die Freiheit eine unerschwingliche Kategorie und das Leben selbst ein Traum, eine Erscheinung oder ein Alptraum gewesen sei. Auch das Leben deiner Mutter, sagte er, war doch so, nicht wahr? Ich wußte nicht, was ich ihm sagen sollte. Auch wußte ich nicht, was ich ihr sagen sollte. »Ich dachte«, sagte ich schließlich und höre mich deutlich tief Luft holen, »ich dachte, wir würden über andere Dinge sprechen«. Mutter verbarg ihr Erstaunen nicht, sie schlug sogar, wenn auch sanft, mit der Hand auf den Tisch. »Was haben wir dann bis jetzt getan?« Ich wandte meinen Kopf zum Fenster und sagte: »Du hast mich nicht verstanden, du hast mich überhaupt nicht verstanden.« Ich kann das nicht mehr hören. Ich halte das Band an, drücke dann auf den Rückspulknopf. Bis zum Ende des Bandes, dessen bin ich mir absolut sicher, hatten wir uns darüber unterhalten, was Verstehen heißt und ob man bei der Unzulänglichkeit der Sprache als Übermittlerin von Bildern und Inhalten überhaupt etwas verstehen kann. Der Beitrag über die Sprache stammte natürlich von mir, und er nahm, dessen bin ich mir auch ganz sicher, den größten Teil des restlichen Bandes ein. Ich überhäufte meine Mutter mit verschiedenen Interpretationen des Schweigens und der Unvollkommenheit der Sprache, einmal ging ich sogar ins andere Zimmer, um nach einem Zitat zu suchen, die Schritte und das Knarren des Parketts sind trotz des Quietschens der abgenutzten Gummiriemen auf dem Band deutlich zu hören. Als ich dann zurückkam, sagte sie, ohne den Blick zu heben, daß das Leben, ließe es sich in Worte fassen, nicht gelebt werden müsse, dann reichte es aus, es zu erzählen. Da hätte ich schweigen sollen, aber ich vermochte nicht, meinen Redefluß aufzuhalten. Auf einmal schwang ich mich zum Verfechter der Macht des Wortes auf, ich pries die Sprache in den höchsten Tönen, entsann mich vieler Werke, die die Menschheit verändert, mancher Schriftsteller, die den Geist ihres Volkes verwandelt hatten, einiger Gedichte, die Raum und Zeit miteinander verschmolzen, ich schwelgte in meinen Sätzen, in meiner Beredsamkeit, die auf nichts anderes abzielte – ich brauche das Band nicht noch einmal laufen zu lassen, um das herauszuhören –, als zu verletzen, weh zu tun und, sosehr ich das jetzt abstoßend finden mag, zu erniedrigen. Während das Band sich langsam drehte und das Wasser im Glas auf einem Tellerchen vibrierte, stellte ich mir vor, ich schwebte über meiner Mutter wie ein erhabener Geist, wie ein übernatürliches Wesen über einem armseligen irdischen Geschöpf, dem sogar das Zischen der Konsonanten auf meinen Lippen wie ein Feuerwerk der Sterne vorkommen mußte. Ich weiß nicht, warum ich mich so benahm; die Scham, die ich jetzt empfinde, gleicht jener Scham, die ich schon in der folgenden Nacht verspürte und die am nächsten Morgen fast unerträglich wurde; tagelang konnte ich Mutter nicht in die Augen schauen. Ich vermute, daß ich meinen Triumph über ein Leben hatte ausdrücken wollen, das, wie ich damals glaubte, aus Lücken, aus Abwesenheiten, aus dem ständigen Bestreben bestand, die auseinandergefallenen Teile zusammenzuhalten, während mein Leben ein Ausdruck der Fülle, die Summe der Anwesenheiten, ein unaufhaltsamer Aufstieg, reiner Geist werden sollte, ja es bereits war. In jener Nacht begriff ich jedoch etwas anderes: Mir wurde die Leichtigkeit bewußt, mit der wir jede Grenze in uns selbst überschreiten, mit der wir Liebe in Haß verkehren und besonnene Einsicht in heftigen Zorn verwandeln können. Was ich fühlte, war jedoch nicht Triumph, sondern Angst, Angst davor, daß das Leben nichts als ein in den Strudeln der Geschichte treibender Strohhalm ist und daß ich – welche Anstrengung auch immer ich unternahm – nichts dagegen ausrichten konnte. Damals, vor sechzehn Jahren, lebte ich in einer Zeit und in einer Gesellschaft, für die die Geschichte ein Lehrbuch war, ein Sammelband voll toter Buchstaben und retuschierter Fotos, und die Gegenwart eine unvermeidliche Stufe beim Aufstieg zu einem besseren Morgen. Heute kann ich leicht klug sein, aber ich würde lügen, wenn ich behauptete, ich sei damals nicht vom Glauben an eine glänzende Zukunft angesteckt gewesen. Wie viele andere erkannte auch ich die Kulissen, vor denen das System seine Vorstellungen gab, aber das minderte nicht das Gefühl der Hoffnung und, wie man es damals nannte, den Lebensoptimismus. Kurzum, ich glaubte noch immer an die Freiheit des Einzelnen, sich seine eigene Welt aufzubauen, während das, was Mutter mir erzählt hatte, dafür sprach, daß der Einzelne in einer Welt lebt, in der unabhängig vom politischen System keine Freiheit tatsächlich greifbar ist, in der wie in den griechischen Tragödien der Mensch den Göttern und den höheren Mächten zur Unterhaltung oder, vielleicht der treffendste Ausdruck, zum Zeitvertreib dient. Ich wandte mich gegen meine Mutter, so, als wäre sie schuld daran, aber in Wirklichkeit, jetzt weiß ich es, scheute ich die Auseinandersetzung mit mir selbst. Eine neue Lüge in die Welt zu setzen ist viel leichter, als eine neue Wahrheit zu akzeptieren. Ich nehme das Band vom Gerät, lege es in die Schachtel zurück, stehe auf und knipse das Licht an. Ich könnte auch im Dunklen sitzen, eigentlich sitze ich oft im Dunklen und betrachte die beleuchtete Straße, die keiner entlanggeht. Sage mir, mit wem du umgehst, und ich sage dir, wer du bist, hätte meine Mutter gesagt, aber ich kann mich beim besten Willen nicht als Kumpan dieser Einsamkeit sehen. Das ist es, sagte Donald, als wir uns im Restaurant auf der breiten Flußinsel darüber oder über etwas Ähnliches unterhielten. Wenn du einmal am Blut eines Ortes geleckt hast, sagte er, kannst du dich schwer an einen anderen Trank und an einen anderen Ort gewöhnen. Hätte ich kein Bier gehabt, hätte ich ein Glas Wasser bestellen müssen, um den Geschmack von Donalds Worten hinunterzuspülen. So aber nahm ich einen Schluck Bier, neigte sodann das Glas und trank es aus. Die Langsamkeit, mit der ich das alles tat, zu beschreiben, ist schwer. Währenddessen habe ich Donald im Geiste einige Male verlassen und bin genausooft, nur etwas schneller, zu ihm zurückgekehrt. Du klammerst dich an Donald wie ein Betrunkener an einen Laternenpfahl, hätte meine Mutter gesagt. Und sie hätte recht gehabt, allerdings war ich nicht betrunken, auch nicht benommen, sondern einfach verwirrt, einfach überrascht davon, wie schnell ich, egal wohin ich trete, den Boden unter den Füßen verliere. Meistens habe ich das Gefühl, nicht fest zu stehen, sondern langsam zu gleiten, und dann zittern meine Knie wirklich. Donald war zunächst der Ansicht, ich brauchte zusätzliche Vitamine, dann behauptete er, die Luft im Haus, in dem ich wohnte, sei zu trocken, am Ende wollte er mich zum Schwimmen und zum Wandern in die umliegenden Berge mitnehmen. Eine einzige Begegnung mit einem Bären auf einem Waldweg würde mein Leben von Grund auf ändern, behauptete er. Du mußt hinaus in die Natur, sagte er, damit du in dich einkehren kannst, du mußt dich wenden wie einen Handschuh, wie einen Strumpf, aus dem du die Wollmäuse herausholen willst. Donald ist ein Schriftsteller und er liebt solche Bilder: Die einfachen, alltäglichen Dinge umschrieben am treffendsten die Hochs und die Tiefs des menschlichen Geistes. Ich habe in meinen Gedichten nie eine solche Selbstsicherheit erreicht. Ein Vers war für mich ein eiserner Hebel, er mußte kompakt und gewichtig sein, je nachdem Aufschwung geben oder nach unten ziehen. Die Einfachheit wirkt auf den einen besänftigend, auf den anderen beunruhigend, das ist alles. Ich weiß nicht, ob man das mit meiner Mutter in Verbindung bringen kann, aber wenn ich sie mit meinem Vater vergleiche, dann erscheint der Vater wie vielleicht alle Väter unheimlich verworren, immer weit vom besten Weg entfernt, während Mutter leicht durch ein Labyrinth findet, so wie ein Messer glatt durch einen Kohlkopf fährt, bis es an seinem Strunk, an seinem Herzen haltmacht. Alles dreht sich letzten Endes um das Herz, alles führt zum Herzen, das Labyrinth, die gerade Linie, die Spirale, der Kreis, alles wartet nur auf seinen nächsten Schlag, bis zu dem Augenblick, in dem er ausbleibt und in dem, wenn wir ehrlich sind, uns das auch nicht mehr wichtig ist. Jetzt habe ich gut reden, aber als mein Vater starb, als danach meine Mutter starb, konnte ich das Gefühl von Versinken nicht verhindern, konnte ich das Gefühl von Verlust nicht verhindern, nichts konnte ich verhindern, nicht einmal die Worte, die sich ständig in mir wiederholten und die mir einflüstern wollten, ich solle dem keine zu große Bedeutung beimessen. Natürlich ist jedes Weggehen ein langsames Sterben, aber als ich meine Sachen packte, sprach jedes Ding, das ich in die Hand nahm, vom Leben. Alles war neu, die Hemden, die Unterhemden, die Unterhosen, die Hosen, die am letzten Tag gekauften Turnschuhe, nichts durfte Erinnerungen in mir wach werden lassen, nichts einen anderen Sinn haben, nichts das sein, was es nicht war. Aber dann, als mein Sakko schon obenauf im Koffer lag, ging ich zum Bücherregal und nahm die Tonbänder heraus. Donald hätte, als ich ihm das alles erzählte, wenigstens sagen können, daß ich in diesen Bändern einen Abdruck meines früheren Lebens mitgebracht hätte, statt dessen erwähnte er sofort den Tod, stützte sich mit den Händen auf den Tisch und sagte laut, sehr laut, daß gerade darin mein Problem liege, und nicht nur meins, sondern das Problem aller Zugereisten, die das mitbrächten, was sie besser hinter sich gelassen hätten, und daß sie deswegen jetzt auf der Stelle träten, anstatt vorwärts zu schreiten. Einige Köpfe drehten sich uns zu. Wir saßen im Restaurant auf der großen Flußinsel, und während er mich mit gerunzelter Stirn ansah, war es mir, als tropfe das Leben buchstäblich aus mir heraus. Hätte ich gewagt, den Blick abzuwenden und unter den Stuhl zu schauen, hätte ich dort bestimmt eine Lache gefunden. Damals kannte ich ihn noch nicht gut und wagte nicht, ihm zu widersprechen, aus Angst, ich könnte ihn verlieren. Ich kann mir vorstellen, wie meine Mutter darüber den Kopf geschüttelt hätte. Für sie war Freundschaft immer ein Gleichmaß von Geben und Nehmen. Wenn einer Bedingungen stellt, sagte sie, dann kannst du diese Freundschaft der Katze an den Schwanz binden. Wir hatten nie eine Katze und auch keinen Kater, unser Haustier war ein Hund, aber unter all den Hunden, die wir hatten, war keiner mit einer ausreichend langen Rute. Daran denke ich, während ich das vierte Band aus der Schachtel nehme. Wenn mir zu dem Schwanz jetzt nichts Passendes einfällt, überlege ich, wird meine Sprache unwiderruflich jede Beziehung zur Realität verlieren, sie wird, was sie wohl schon immer war, nur eine scheinbare Realität bleiben, ein Abbild der Welt, wie sie aussehen könnte, und nicht der Welt, wie sie wirklich ist. Donald würde über eine solche Schlußfolgerung bestimmt in Lachen ausbrechen. Ich bin überzeugt, er würde darin eine weitere Bestätigung der unüberbrückbaren Unterschiede zwischen uns beiden sehen. Ihr Europäer, würde er sagen, glaubt immer, die Welt sei noch nicht entdeckt, sie befinde sich wie in den Märchen hinter sieben Bergen und sieben Meeren und man gelange erst nach zahlreichen Prüfungen dorthin, nach giftigen Äpfeln, neunköpfigen Drachen und einäugigen Riesen.

Ihr sitzt da und starrt auf ein Spinnweb, ohne die Spinne zu sehen, die es gesponnen hat. Das hat er wirklich einmal gesagt, als wir nach dem fünften oder sechsten Bier zusammen zur Toilette gingen. Er zwang mich sogar, die Augen zu schließen und die Luft zu schnuppern, damit ich mich überzeugte, daß es dort außer der Kloschüssel und dem Urin, der die Rundungen des Pissoirs hinunterrann, nichts gab. Während ich, inzwischen wieder mit offenen Augen, die letzten Tropfen abschüttelte, erwiderte ich, daß es Menschen gebe, in Indien und anderswo, die ihren Urin tränken, weil sie glaubten, sie könnten so ihr Leben verlängern, was davon zeuge, sagte ich, daß die Wirklichkeit für sie nicht beim Gestank und den Ausscheidungen aufhöre, sondern dort erst beginne. Wenn es etwas hinter dieser Toilette beziehungsweise darunter gebe, antwortete Donald, während er seine Hose zuknöpfte, dann sei es die Kanalisation oder vielleicht eine septische Grube, nichts anderes; es gebe keine unterirdischen Welten, keine Hölle, keinen schwarzen Fluß, über den lahmende Fährmänner die toten Seelen übersetzten. Ich schwieg. Vielleicht kann man das auch auf eine andere Weise erklären, sagte er. Zum Beispiel, sagte er, wenn jemand ein Buch über seine Mutter schreiben will, dann muß er über seine Mutter schreiben, und wenn er den Wunsch hat, über die Liebe zu schreiben, dann schreibt er über die Liebe, man kann nicht, sagte er, einen Luftballon schildern und dabei behaupten, es handele sich um den Mond. Er starrte mich mit seinen kleinen Augen an und blinzelte. Hätte er ein Stück Papier und einen Stift bei der Hand gehabt, hätte er mir bestimmt den Luftballon und den Mond gezeichnet. Hätte er mehr Papier gehabt, hätte er mir vielleicht ein ganzes Buch geschrieben, und wäre ich nicht hinausgegangen, hockten wir vermutlich noch heute auf dieser Toilette, und über unseren Köpfen erklängen die Schritte fröhlicher Kellnerinnen. Später, vor allem als wir über der Karte des ehemaligen Jugoslawiens saßen und sich mein Zeigefinger in einen Wegweiser verwandelte, kam mir wieder der Verdacht, daß ich Donald vielleicht wirklich dazu bringen wollte, das, was ich erzählte, aufzuschreiben. Wenn mir das gelänge, dachte ich, wenn ich ihn dazu brächte, meine Geschichte aufzuschreiben, als wäre sie seine, dann würde ich mich vom schwersten aller Ballaste befreien, dann wäre ich frei. Die Freiheit ist im Kopf, pflegte meine Mutter zu sagen, die Ketten können nur das fesseln, was du ihnen zu fesseln erlaubst. Sie hatte diesen Satz im gleichen Zimmer, unter dem gleichen altmodischen Lüster, an der gleichen Stelle, wo wir nun unsere Tonbandaufnahmen machten, ausgesprochen, nur etwa zehn Jahre früher. Sie hat ihn nicht wiederholt, als wir ihre Lebensgeschichte aufzeichneten, obwohl ich mir das insgeheim gewünscht und auf das Blatt Papier neben den vielen Davidsternen und den verschiedenen Dreiecken das Wort »Freiheit« geschrieben und mit einem Fragezeichen versehen hatte. Später, als sich die Bänder mit anderen Worten und mit Stille füllten, strich ich langsam, Buchstabe für Buchstabe, das Wort durch, bis nichts mehr von ihm übrigblieb. Donald hätte, daran zweifele ich nicht, in die Hände geklatscht, wenn ich ihm das erzählt hätte, aber warum sollte ich ihm alles erzählen? Hinterher wissen alle alles besser, sagte meine Mutter, und das bestätigte sich mit erschreckender Genauigkeit, als der Bürgerkrieg begann. Auf einmal wußten alle, die Vergangenheit richtig zu deuten, aber keiner merkte, daß man nicht mehr von der Zukunft, nicht einmal mehr von der Gegenwart sprach, daß es nicht darum ging, eine Begebenheit noch einmal psychoanalytisch zu durchleben, um ihren wahren Sinn zu ergründen; jetzt pries man die Vergangenheit, das Leben in der Vergangenheit als Ersatz für das Leben in der Gegenwart, jetzt bezeichnete man das gelebte Leben als das einzig wahre Leben, beziehungsweise verlangte man vom Leben, es solle ein dauerndes Auf-der-Stelle-Treten, ein ständiges zum Selbstzweck gewordenes Wiederholen der Vergangenheit sein. Wann immer ich das Fernsehen oder das Radio einschaltete, die Zeitung aufschlug oder die Wochenmagazine durchblätterte, versicherte mir jemand, die Ereignisse der Vergangenheit seien wichtiger als jeder Aspekt der Gegenwart, mit dem ich konfrontiert werden könnte, und daß ich mich, falls ich nicht bereit sei, diese späte Einsicht zu akzeptieren, für ein Leben der Leere entschiede. Als lebten wir nicht jetzt schon in einer Leere, sagte ich zu Mutter, während wir vorm Fernsehapparat saßen, aber der Tod näherte sich ihr damals schon mit Riesenschritten, und von ihren Worten blieb nichts übrig. Sie schwieg nur und schüttelte den Kopf. Hör jetzt bitte nicht auf zu reden, sagte ich, aber auch wenn sie hätte reden können oder wollen, hätte man nichts verstanden, weil die bombastischen Sätze der Rundfunk- und Fernsehsprecher, gebildet aus genau den Wörtern, die sie immer wieder von den Bündeln verschiedenfarbiger Papiere ablasen, alles übertönten. Morgens und abends brühte ich Mutter Kräutertees auf, mittags kochte ich ihr etwas Reis und Gemüse, manchmal tat ich auch geröstetes Brot dazu. Als mein Vater im Sterben lag, konnten wir seinen Redeschwall nicht aufhalten. Er, der immer geschwiegen hatte, erstickte an Worten, die auszusprechen er nicht mehr schaffte, und Mutter, die immer mit Leichtigkeit vom Sprechen zum Gesang übergegangen war und wieder zurück zu den Worten gefunden hatte, saß still da, mit zusammengepreßten Lippen und Händen, fest versiegelt wie ein abgelegtes Dokument. Auch jetzt, während ich das letzte Band einlege, sehe ich sie, wie sie im dunklen Rock und dunkelblauer Bluse, die Augen fast vollständig von einem weißlichen Schleier überzogen, sich im Sessel verliert, der einst unter der Fülle ihres Körpers verschwand. »Schau dir diese Hände an«, sagte sie fast in demselben Augenblick, in dem ich auf den Knopf des Tonbandgeräts drückte, als brenne sie darauf loszulegen. Davor hatte ich es tagelang vermieden, ihr im Wohnzimmer oder in der Küche zu begegnen, von Scham verfolgt, seit wir das letzte Band zu Ende aufgenommen hatten. Nie zuvor war mir unsere Wohnung so klein vorgekommen und nie hatte ich mich unter einer so großen Last bewegt, als schleppte ich auf meinem Rücken den verstorbenen Vater und auf der Brust die in einem schwarzen Gewand zusammengekauerte Mutter. Dann blieb sie eines Tages an der Tür meines Zimmers stehen. In der Hand hielt sie ein Glas Wasser. Ich tat so, als sähe ich sie nicht, als interessiere ich mich plötzlich für die Bücher auf dem obersten Regal. Sie drehte sich um, ging zum Eßtisch, setzte das Glas auf das gestärkte Tischtuch aus weißer Spitze, nahm Platz auf dem Stuhl, auf dem sie während der Aufnahmen immer saß. Sie verstand es, zu warten, es hatte also keinen Sinn zu zögern. Ich bückte mich und holte das Tonbandgerät unter dem Schrank hervor. Ich nahm ein neues Band – es ist dasselbe kleine Band, das sich jetzt dreht –, obwohl ich noch kurz davor, während ich so tat, als sähe ich sie nicht, daran gedacht hatte, die Fortsetzung des Gesprächs auf der Rückseite eines der bereits bespielten Bänder aufzunehmen. Ich weiß nicht, warum man von der Rückseite spricht, wenn das Gerät zwar in verschiedene Richtungen, aber immer auf der gleichen Seite aufnimmt. Für Donald wäre das vermutlich ein weiterer Beweis für die Ungenauigkeit der Sprache gewesen, ein Beweis dafür, wie leichtfertig und unachtsam wir mit Wörtern umgehen. Sobald ich die Kabel eingesteckt, das Mikrophon aufgestellt und die Aufnahmeknöpfe gedrückt hatte, begann Mutter. »Schau dir diese Hände an«, sagte sie und hielt mir ihre Handflächen entgegen. Ich schaute sie an. »Ich kann nicht glauben«, sagte sie, »daß ich euch alle einmal in ihnen gehalten habe. Ich kann nicht glauben, daß ich überhaupt etwas damit gehalten habe.« Ein pfeifendes Geräusch, das das Quietschen der Achsen und der Gummiriemen übertönte, war wahrscheinlich ein Teil meines unbeabsichtigten Ausrufs. Es war freilich ein Ausruf des Protestes, denn ich war es, dem in unserem Haus die Dinge aus den Händen fielen; mir entglitten die Teller beim Abtrocknen und fielen auf den Küchenboden aus Beton, jedes Glas, das, voll oder leer, nahe der Tischkante stand, zog unerbittlich den Ellbogen meiner

Schwester an, während Gabeln und Messer oder volle Mokkatäßchen dem Vater durch die Finger rutschten. Der Vater war manchmal so tollpatschig, daß wir uns fragten, wie er gynäkologische Eingriffe ausführte, Babys holte und sie den Hebammen reichte. Mutter sagte immer, daß sie, nachdem sie durch dick und dünn gegangen sei, nur noch ihren beiden Händen trauen könne, und wir akzeptierten das als eine unwiderlegbare Tatsache, mehr auf ihre Hände vertrauend, als sie selbst. Umschläge, die sie aus einer Mischung von Essig und Knoblauch machte, vermochten jedes Fieber aus unseren Körpern zu vertreiben, nur weil ihre Hände zur gleichen Zeit unsere Stirn oder Wangen berührten. Wenn wir diese Umschläge selbst machten, nahmen wir für alle Fälle auch noch ein Aspirin ein. Jetzt aber öffnete sie diese Hände, als wollte sie sie dem Mikrophon zeigen, als wäre das Mikrophon eine Filmkamera, als könnte das Mikrophon sehen. »Schau dir diese Finger an«, sagte Mutter, »schau wie krumm sie werden, wie die Gelenke geschwollen sind. Schau dir diese Handflächen an. Fühl mal, wie hart die Haut geworden ist.« Sie beugte sich über den Tisch, der Tisch knarrte − das Tonbandgerät hat das sorgfältig aufgezeichnet −, und zeigte mir ihre linke Hand. Ich zögerte; zum erstenmal nach Vaters Tod kam etwas so nahe an mich heran; dann berührte ich die Handfläche mit meinen Fingerspitzen. »Ich dürfte sie dir nicht aufs Gesicht legen«, sagte Mutter, »du würdest meinen, es sei Glaspapier.« Ich schwieg; ich höre, wie ich schweige. Mutter lehnte sich wieder auf dem Stuhl zurück. »Das ist die Geschichte meines Lebens«, sagte sie, »knorrige Finger und rauhe Handflächen.« Ich befürchtete, daß auch sie gleich schweigen würde. »Es gibt Menschen, die nicht einmal soviel von ihrem Leben erzählen können«, sagte ich. Mutter holte mit der Geste eines Zauberers ein Taschentuch aus ihrem Ärmel hervor. »Mein erster Mann«, sagte sie, »behauptete immer, das Leben messe sich daran, wieviel man für die anderen getan habe.« Sie berührte mit dem Taschentuch ihre Augen, wischte die Mundwinkel und steckte es wieder in den Ärmel zurück. »Meinst du, ich habe ihm nicht geglaubt?« Sie wartete meine Antwort nicht ab. »Ich habe ihm geglaubt, was sonst hätte ich tun können? Als ich ihn kennenlernte, hatte ich noch nicht begonnen, meine Jahre zu zählen, so jung war ich. Wahrscheinlich war er deswegen ›organisiert‹, wie man das damals nannte, wegen seiner Überzeugung, daß man etwas für die anderen tun müsse, um auch für sich selbst etwas zu tun. Ich habe nie gefragt, um welche Organisation es ging. Wenn wir dran waren, in unserer Wohnung ein Treffen auszurichten, nahm ich meinen älteren Sohn an der Hand, den jüngeren packte ich in den Kinderwagen und ging vors Haus. Manchmal spazierte ich zum Park und wartete dort. Nach zwei Stunden durfte ich zurückkommen. In den Zimmern roch es nach Rauch, das schmutzige Geschirr türmte sich im Spülbecken, Bücher und Papiere lagen noch auf dem Tisch und den Stühlen. Die Jungen johlten und rannten in der Wohnung herum, der Ältere sperrte die Fenster und die Terrassentür auf, aber sie rührten nichts an. Solange die Knaben klein sind, kann man ihnen vieles beibringen, man muß ihnen nur ständig zureden und erklären, wie man etwas tut. Die Jungen lernen beim

Zuhören, die Mädchen beim Zuschauen. Das bleibt ihnen dann fürs ganze Leben. Mein erster Mann wollte jedoch nicht auf mich hören. Ich schaute ihn an und redete ihm zu, aber er wollte nicht innehalten, er wollte nichts hören. Wer zu sich selbst nicht gut ist, sagte ich ihm, ist auch zu anderen nicht gut. Er lachte und sagte, ich käme ihm vor wie ein weiser jüdischer Greis. Als er seinen Fehler einsah, war es zu spät. Keiner von denen, denen er glaubte geholfen zu haben, konnte ihm helfen, und diejenigen, die es konnten, wollten es nicht. Das Leben wird in manchen Augenblicken erschreckend einfach, so einfach, daß ich mich oft gefragt habe, wozu die ganzen Komplikationen vorher, wozu die Vorkehrungen, wozu das Zaudern und das Zögern, wenn der Sturz immer so leicht, so jäh, so gewiß ist. Zweimal wurde er abgeführt: das erste Mal in Zagreb zur Zwangsarbeit, das zweite Mal in Belgrad ins Lager. Beide Male reichte er mir die Hand, er umarmte mich nicht. Seine Hand glitt aus der meinen, und ich hätte sie, selbst wenn ich es gewollt hätte, nicht festhalten können. Später schrieb er mir auf einem zerknüllten Fetzen Papier aus einem Kassenbuch, daß er begonnen habe, mit offenen Augen zu träumen. Jeder Traum ist gleich, schrieb er, in jedem Traum öffnest du die Tür und ich komme herein. Ich wußte, daß diese Tür nie mehr aufgehen würde. Wenn das Leben einmal anfängt, bergab zu rutschen, kann es durch nichts mehr aufgehalten werden. Wenn die Dinge anfangen, einem aus der Hand zu fallen, müssen sie kaputtgehen.« Sie verstummte, nahm das Glas und trank einen Schluck Wasser; man hört deutlich, wie der Boden des Glases auf die Tischplatte stößt. Ich wußte nicht, wovon sie redete; ich glaubte eigentlich nicht daran, daß überhaupt irgendwelche Briefe existierten, bis ich sie wenige Tage nach ihrer Beerdigung in ihrer alten Handtasche aus der Vorkriegszeit fand, die im Schrank hinter den Bettlaken und Kissenbezügen versteckt lag. Es gab sechs Briefe, genauer fünf Briefe und eine kurze Mitteilung. Sie waren in lateinischer Schrift mit einem Bleistift auf Kassenbuchpapier geschrieben, nur einer auf breitlinierten Blättern, die wohl aus einem Schulheft herausgerissen waren. Die Mitteilung wurde laut dem Datum in der linken unteren Ecke am 23. Oktober 1941 geschrieben, wahrscheinlich unmittelbar, nachdem Mutters erster Mann ins Lager verschleppt worden war. Der erste Brief trug das Datum vom 26. Oktober, während der letzte, der auf den Schulheftblättern, am 14. November geschrieben wurde. Auf allen Briefen stand neben dem Datum »im Lager«. Die Briefe waren eine Mischung aus eilig aufgezeichneten praktischen Ratschlägen, dem Ausdruck tiefer und tragischer Gefühle und der langsam reifenden Erkenntnis über den Lauf des eigenen Schicksals. Die Ratschläge besagten, wem was zu verkaufen, von wem Geld zu leihen und wem welches zurückzuerstatten war, und was zu unternehmen sei, um ihn aus dem Lager herauszuholen. Jede Seite dieser gefalteten Blätter atmet die Liebe, nur hie und da spürt man den ohnmächtigen Zorn, der in einer milden Anklage oder in einem sarkastischen Seufzer zum Ausdruck kommt, was in der Situation, in der sich dieser Mann befand, völlig verständlich war. Jedoch hilft kein Verstand, das Entsetzen in seiner Seele, das ebenfalls spürbar ist, zu beschreiben, so wie man auch mein Entsetzen nicht schildern kann, denn ich las die Briefe im Bewußtsein dessen, was geschehen war, nachdem die Worte versiegten. Ich weiß nicht, warum ich mir damals die Bänder mit Mutters Lebensgeschichte nicht wieder angehört habe. Vielleicht wegen der Hektik, die das Wuchern des Krieges in Bosnien verursachte. Als Vater starb, trauten wir uns monatelang nicht, seine Sachen anzurühren; als Mutter starb, brachte ich alles innerhalb zweier Nachmittage am vierten und fünften Tag nach der Beerdigung in Ordnung. Auch diese Eile kann mit dem Krieg erklärt werden. Legionen von Toten bevölkerten schon die Zeitungen und die Fernsehschirme, und ich wollte möglichst schnell vor jedem Gedanken an den Tod flüchten. Genauer gesagt, ich wollte damit aufhören, vor dem Gedanken an den Tod zu flüchten, vor der Identifizierung mit dem Tod, vor der Erkenntnis, wie wenig das menschliche Leben wert ist. Aber wenn ich die Augen schloß, hörte ich die Stimme des Rundfunksprechers, wenn ich mir die Ohren zuhielt, fiel mein Blick auf die letzten Zeitungsberichte, wenn ich in Schlaf versank, träumte ich von unendlichen Kolonnen zerlumpter Menschen, die hinter einem Berg verschwanden. Wie lange hält es ein Mensch mit geschlossenen Augen und zugehaltenen Ohren aus? Wie lange kann er träumen? Früher oder später wird jede Lösung übersättigt, und so sank der Tod in mir nieder wie Zucker in übersüßem Wasser; und so wie der Zucker auf den Boden des Glases sinkt, so setzte sich der Tod in meinen Füßen fest. Abends starrte ich auf meine geschwollenen Füße; tagsüber quälte mich die Angst, ich würde mich nicht mehr bewegen können. Seltsam, sagte ich zu Donald, als mein Vater starb, dachte ich, ich würde losfliegen, als wäre der Tod ein Sprungbrett, von dem ich mich von der Schwerkraft der Erde befreit in die Luft schwänge; als meine Mutter starb, spürte ich, wie die Erde unter meinen Füßen hart wurde, ich lief, als wäre ich der erste Mensch, der die Landschaften der Erde durchwandert; und während mir völlig fremde Menschen in Kroatien und Bosnien starben, saugte mich der Tod in sich auf, so wie eine Schlange eine Maus verschlingt, so wie Treibsand einen verschluckt. Donald nickte, notierte etwas in sein Heftchen und blickte mich an mit seinen kleinen Augen, denen ich nie trauen würde, wenn ich irgendwo anders wäre. Wir saßen im Restaurant auf der Flußinsel, mitten in der Stadt, über die Landkarte gebeugt. Unsere Köpfe berührten sich ab und zu, vor allem wenn wir uns bemühten, die Namen kleinerer Orte, kürzerer Flüsse und dicht gedrängter Gebirge zu entziffern. Gelegentlich glitt mein Finger über reale und unreale Grenzen, gelegentlich senkte sich Donalds Hand auf die Adria oder bedeckte Mazedonien. Er machte mich darauf aufmerksam, daß Kroatien einem aufgerissenen Rachen glich, daß Serbien wie ein fettes Nagetier aus der Prärie aussah, das über seinem Bau hockt, während ihn Bosnien an ein zerbrochenes Dreieck erinnerte, an ein mißlungenes Dreieck, korrigierte er sich, von einer zittrigen Kinderhand gezeichnet. Nach allem, was ich ihm erzählt hatte, interpretierte er die Welt als eine Summe von Klecksen aus Rorschachtests. »Nach allem, was passiert ist«, sagt Mutter, »bin ich froh, daß ich noch immer die Hand zum Mund führen kann. Wenn ich das nicht mehr schaffe, dann schließe ich die Augen und mache sie nicht wieder auf. Dein Vater sagte immer, daß man in die Welt nicht hineinkommt, sondern daß man aus ihr nur herauskommen kann. Im ersten Augenblick deutete ich das als ein Zeichen für den Verlust des Glaubens, später erkannte ich, daß dies das einzige ist, woran man glauben kann, ich sah ein, daß es keine Ankünfte, sondern nur Abfahrten gibt, nur ständiges Sichtrennen, wie das Häuten einer Zwiebel. Du magst keine Zwiebeln, aber glaub mir, die Liebe ist nicht alles, so wie nicht nur das gut ist, was angenehm duftet. Früher konnte ich schön singen, aber jetzt zittert meine Stimme schon beim bloßen Gedanken an Gesang, da brauche ich erst gar nicht den Mund aufzumachen. Alles ist Erinnerung, obwohl ich mir immer gesagt habe, daß das Leben nur das ist, was man wirklich lebt. Sieh, dein Vater konnte nicht singen, er war so unmusikalisch wie ein Rabe, aber dafür kannte er alle Texte. Er sang in Gedanken, lautlos, und das erkannte ich an ihm, als wir uns nach dem Krieg zum erstenmal begegneten. Ich erkannte in ihm das Klagelied, das nur Menschen singen, die der Krieg zu Wracks gemacht hat. Er war nicht groß, aber während ich seinem stummen Lied lauschte, erkannte ich, wie aufrecht er einst war und wie schön er ging. Mein erster Mann war groß, ich mußte mich auf die Zehenspitzen stellen, um meine Stirn an seinen Oberarm anzulehnen; wenn ich neben deinem Vater stand, mußte ich mich bücken, um meinen Kopf auf seine Schulter zu legen. In ihm war eine Leere und in mir war eine Leere und wir wußten, daß wir nicht mehr genügend Zeit hatten, um sie mit dem zu füllen, was nicht mehr in uns war. Ich hoffe, du wirst das nie erfahren, nie das Leben neu beginnen müssen. Ich muß noch einen Schluck Wasser trinken.« Sie griff nach dem Glas, dann aber überlegte sie es sich anders. Davon ist natürlich nichts auf dem Band zu hören, nur das Quietschen der Gummiriemen wird lauter, als sei Donalds Tonbandgerät, genauer das seines Vaters, müde geworden und drohe stehenzubleiben. Wenn ich schreiben könnte, würde ich daraus alles mögliche machen. Ein richtiger Schriftsteller würde dieses Netz von Übereinstimmungen nicht ungenutzt lassen, er würde sich nicht die einmalige Möglichkeit entgehen lassen, unterschiedlichste Schicksale in einem Punkt zu bündeln, sie zu verknüpfen und dann wieder zu entwirren, sowie jenen einzigartigen Faden im Schicksal der Menschen und der Dinge zu finden, der den Zopf zusammenhält, der aber, wenn man unachtsam an ihm zieht, den Zopf auseinanderfallen läßt. Am Ende war Donald mein Gefasel leid. Er schob die Bierflaschen und die Kaffeetassen an den Tischrand und legte beide Hände auf die Landkarte. Für einen Schriftsteller gibt es, sagte er, ebenso wie für die Natur keinen Konditional. Etwas, sagte er, geschieht oder es geschieht nicht, ein Drittes gibt es nicht. Das Leben, sagte er, ist keine Grammatik. Die Sprache hat eine Struktur, die es in der Welt nicht gibt, sagte er. Seine Augen waren noch nie so groß wie da, als er mich im Restaurant auf der Flußinsel anstarrte, während auf seiner Oberlippe und über den Augenbrauen plötzlich Schweißperlen standen. Wenn du eine Story willst, sagte er, dann mußt du als erstes die Sprache vergessen. Ist das klar? Ich fragte, welche Sprache er meine. Jede, sagte er, egal welche, weil jede Sprache dasselbe ausdrücke, nur mit anderen Lauten. Ich war mir nicht sicher, ob er früher nicht anders gesprochen hatte, aber als ich ansetzte, ihm zu widersprechen, hinderte er mich mit erhobenem Zeigefinger daran. Als zweites, sagte er, mußt du dies tun, und zerknüllte mit einer flinken Bewegung die Landkarte, als nähme er ein schmutzig gewordenes Tischtuch weg. Ich wollte schreien, denn mir war, während er die Karte meines ehemaligen Landes zusammenknüllte, als zermalme er mein Herz. Ich schrie nicht. Ich starrte ihn an, und wenn ein Blick töten könnte, wäre er schon längst tot gewesen. Aber den Konditional gibt es, wie Donald sagte, in der Natur nicht, und so saß er auch weiterhin am Tisch im Restaurant auf der Flußinsel und verwandelte die Landkarte in einen Papierball, während ich, gegenübersitzend, versuchte, das Durcheinander in meinem Kopf einigermaßen zu ordnen. Und jetzt, sagte Donald und legte das armselige Knäuel auf den Tisch, jetzt kannst du schreiben. Worüber, brachte ich flüsternd hervor. Darüber, wie du zwischen der Welt aus Papier und der realen Welt die richtige Welt gewählt hast. Darüber, sagte er, wie du versucht hast, die papierene Welt zu bewahren, und wie du einsehen mußtest, sagte er, daß es in ihr außer Falten und Knicken und einigen Rissen nichts gibt. Während er das sagte, faltete er die zerknüllte Karte langsam auseinander und strich sie glatt. Und in der Tat, außer Falten, Knicken und zwei, drei Rissen war auf ihr nichts mehr zu erkennen. So wie ich mit meinem Zeigefinger die Straßen, die Grenzen und die Flußläufe entlanggefahren war, so folgte sein Zeigefinger nun den Linien, an denen das Papier gebrochen war. Das ist deine Story, sagte Donald, diese feinen Knicke, an denen es weder Farbe noch Drucker-schwärze gibt. Und jetzt, sagte er, jetzt trinken wir noch ein Bier, und dann kannst du nach Hause gehen und schreiben, hier hast du nichts mehr verloren. Ich drehte mich um: Ich kannte niemanden, nur einige Tische und Stühle waren mir vertraut. Sogar der Rhythmus, in dem die Kellnerinnen wechselten, war schneller als der unse-rer Besuche, ein ziemlich unregelmäßiger Rhythmus, im Sommer schneller als im Winter, sehr schleppend im Frühling, wenn ich meine freien Tage im Hof hinter dem Haus, in dem ich lebte, verbrachte, während Do-nald auf die umliegenden Berge kraxelte. Was blieb mir übrig? Ich trank das Bier aus, faltete die ehemalige Landkarte meines ehemaligen Landes zusammen, gab Donald die Hand, ging nach Hause, setzte Reis zum Kochen auf, holte einen Stapel weißer Blätter, spitzte meinen Bleistift und begann zu schreiben. Meine Mut-ter wäre über ein solches Verhalten entsetzt gewesen. Nie darfst du dich unterwerfen, sagte sie, denn das Le-ben ist nicht dazu da, daß ein anderer es an deiner Stel-le lebt. Aber jetzt, während ich darauf warte, daß die Stille auf dem Tonband aufhört, verspüre ich Lust, ihr zu sagen, daß das manchmal die einzige Möglichkeit ist, am Leben zu bleiben. Manchmal, sage ich laut, muß man, um zu bleiben, was man ist, sein, was man nicht ist. »Nimmst du noch auf?« fragt Mutter. Wahrschein-lich habe ich genickt, denn ich höre keine Antwort. »Ich möchte noch etwas sagen«, sagt sie. Vermutlich habe ich wieder genickt. »Ich glaube nicht, daß man ein Leben erzählen kann«, sagt sie, »und noch weniger glaube ich daran, daß man es aufschreiben kann, obwohl ich früher mit großem Vergnügen Bücher gelesen habe wie *Die First Lady Amerikas, Marjorie Morningstar, Die jungen Löwen, Arc de Triomphe.* Damals war ich noch jung oder ich glaubte, noch jung zu sein, was auf dasselbe hinausläuft, heute aber weiß ich, daß es kein Buch gibt, in das ein ganzes Leben, ja nicht einmal ein Teil eines Lebens hineinpaßt. Du magst Tausende von Seiten vollschreiben, aber du wirst nicht einmal ein Bruchteil von dem erfassen, was zum Beispiel geschieht, wenn man einen Faden durch ein Nadelöhr zieht. Es ist lächerlich, daß ausgerechnet ich dir etwas über Bücher erzähle, da kennst du dich doch besser aus als ich, aber ich frage mich die ganze Zeit, warum alles, was geschah, gerade mir geschah. Es ist, wie wenn man ein Buch liest und sich fragt, warum ausgerechnet dem Helden das passiert, ob die Heldin denn diese Liebe oder sonst etwas nicht hätte vermeiden können, ob sie nicht einfach die Tür hätte öffnen und weglaufen oder zumindest in ein anderes Zimmer hätte gehen können? Aber ein anderes Zimmer gibt es nicht; man kann nicht aus seiner Haut heraus. Du kannst höchstens zusehen, wie die Haut Falten bekommt, während dein Körper schrumpft. Die Haut ist eigentlich das einzige, wovon man im Leben zuviel hat, alles andere fehlt einem, alles schält sich von einem ab wie die Häute einer Zwiebel, von denen ich vorhin gesprochen habe. Am Ende bleibt nur der Kern, die Mitte, die Schärfe, die man nicht lange auf der Zunge aushalten kann. Du kannst natürlich, wie ich es noch und noch getan habe, denken, alles hätte sich anders abspielen, die Süße hätte an die Stelle der Schärfe treten können, aber wenn man das Leben ändern könnte, würden wir es wahrscheinlich nicht Leben nennen, würden wir wahrscheinlich auch nicht am Leben sein.« Ich legte den Bleistift hin, mit dem ich ohnehin nichts aufschrieb, und sagte: »Erinnerst du dich an das Lied, das du uns früher gesungen hast, von einem Mädchen, das frühmorgens aufstand, um die Tauben zu füttern, ihre Lieblingstaube nicht sah, sich daran erinnerte, daß es am Abend davor einen Jäger in den Wald hat gehen sehen und danach ein Schuß fiel, und das jetzt, während sich alle Tauben um es scharen, weiß, wem der Schuß gegolten hat?« Offenbar war sie es jetzt, die nickte, denn ich höre ihre Antwort nicht. »Vielleicht ist das immer so«, fuhr ich fort, »während wir im Hof damit beschäftigt sind, die Maiskolben zu entkörnen, erlischt irgendwo im Wald das Leben.« Wäre mir dieser Satz früher eingefallen, hätte sein letzter Teil einen guten Titel für mein Buch abgeben können. »Dein Vater liebte dieses Lied«, sagte Mutter. »Und ich glaubte immer«, sagte ich, »daß du es für uns gesungen hast.« Mutter griff wieder nach dem Glas Wasser, ich weiß nicht, was sonst der helle Klang bedeuten könnte, der sich unter das Quietschen der Gummiriemen und der Achsen mischte. »Es ist immer so im Leben«, sagte Mutter, »immer gibt es einen Teil, den man kennt, und einen, den man nicht kennt, und mit der Zeit befaßt du dich immer mehr mit der Frage, was du alles nicht gewußt hast, als würde, wenn man das erführe, sich das Leben ändern.« Ich weiß genau, was Donald sagen würde, wenn er das hörte: Er würde meinem Gesicht ganz nahe kommen und brüllen, daß man nichts ändern könne, daß die Literatur sich nicht mit Mutmaßungen befasse, sondern mit glaubwürdigen Schilderungen von Tatsachen, gleich ob sie wahr oder erfunden seien. Etwas Ähnliches habe ich mit meinem stets gespitzten Bleistift geschrieben; später habe ich das dann alles ordentlich auf einer alten elektrischen Schreibmaschine abgetippt, die ich für zwanzig Dollar bei einem Garagen-Flohmarkt in der Nachbarschaft gekauft hatte. Ich mußte nur die Sicherung austauschen, die Maschine sorgfältig vom Staub und Fett reinigen und ein neues Farbband einlegen. Ich polierte sie so gründlich, daß sie im Dunkeln zu leuchten begann. Geschrieben habe ich über einen Dichter, der befand, es sei für ihn die Zeit gekommen, Erzählungen zu schreiben, der es aber trotz großer Mühe nicht schaffte, sich von den Verknappungen, die er für Verse unentbehrlich hielt, zu befreien und sich ausführlichen Formulierungen zu widmen, die, wie er glaubte, die Grundlage der Prosa darstellten. Bei ihm blieb auch weiterhin jeder Satz ein Vers und jede Erzählung ein Gedicht, weil die Form, wie er erkannte, gar nicht wichtig war. Die Welt um ihn zerfiel, der Krieg wütete, seine Mutter starb und er spürte, daß trotz aller Verknappungen der Prosa die Geschichte ihres Lebens in ihm Gestalt annahm, ihn aufsaugte und zwang, eine seit langem vorherbestimmte Rolle zu spielen. Ich wußte nicht, wie ich die Erzählung beenden sollte, ich wußte auch nicht, ob das wirklich eine Erzählung war; dann aber schrieb ich, und das war das einzig Erfundene, daß er am Ufer eines Flusses ein Mädchen traf und ihm in einem langen Monolog erklärte, die Liebe sei die letzte Stütze und das Leben würde, wenn wir sie verlören, zu einem endlosen Versinken. Er war nicht sicher, ob das Mädchen ihn verstanden hatte, was ihm letztlich auch nicht wichtig war, weil er nicht zu ihm, sondern zu sich selbst sprach. Auf der letzten Seite steigt der Fluß langsam an, und am Ende des Monologs waten die beiden durch den Schlamm davon. Das habe ich alles auf englisch geschrieben, mit Hilfe des Wörterbuchs natürlich, aber ich konnte keine geglückte Lösung für die Verse finden, die der Dichter an zwei Stellen vorträgt, einmal auf einem Balkon, während er den Sternenhimmel betrachtet, das andere Mal, bevor er in den zähen Schlamm tritt. Die Verse stammten aus Gedichten, die ich vor langer Zeit geschrieben hatte und die, nebenbei gesagt, niemand hatte herausgeben wollen. Sie hatten viele Zischlaute und gedehnte Vokale, und dieser Wechsel zwischen dem Zischen und dem Ausruhen war es, was ich in der anderen Sprache nicht wiederzugeben vermochte. Das war freilich für die Erzählung selbst nicht wichtig, löste in mir aber ein unangenehmes Gefühl aus und erinnerte mich daran, daß man das Leben nicht wie eine Fleischpitta, oder was mir als Vergleich besser gefällt, wie eine Schokoladentorte zerteilen kann. Die Erzählung packte ich in einen Umschlag, brachte sie zur Post und schickte sie Donald. Viel schwieriger war es für mich, den Begleitbrief dazu zu schreiben; ich habe wohl mehr Papier für diesen Brief verbraucht als für die ganze Erzählung. Ich konnte mich nicht von dem Gedanken freimachen, daß Donald Schriftsteller ist, und deshalb glitt mein Brief ständig in Unterwürfigkeit ab, als schriebe ich an einen Bürokraten, von dessen Entscheidung meine ganze Existenz abhing. Hätte meine Mutter den Brief gesehen, hätte sie ihn gleich zerrissen. Für sie war Offenheit die einzig mögliche Form des Seins, nichts anderes ließ sie gelten. Besser, du redest Blech, sagte sie, als daß du um den heißen Brei herumredest. Sie traute auch nie denen, die predigten, sondern nur denen, die handelten. Der, der weiß, wo er steht, sagte sie einmal, fragt nie: Wer bin ich? Viele Jahre später, als wir eines Nachmittags Kaffee tranken, fuhr sie mit dem Satz fort und sagte, für den, der sich ständig fragt, wer er ist, als klopfe jemand an die Tür seiner Seele, existiert kein anderer. Deshalb schlief sie vermutlich neben meinem Vater in einem unbeheizten Raum, obwohl sie sich nach Wärme sehnte; der Vater deckte sich mit einer dünnen Steppdecke zu, sie stöhnte unter einem Daunenbett; der Vater machte ständig das Fenster auf, sie machte es heimlich zu; der Vater lief im Winter oft ohne Kopfbedeckung herum, sie strickte sich Mützen, die mit den Jahren immer dicker wurden. Sie ging als erste von uns abends ins Bett, war morgens als erste auf den Beinen, machte Feuer, kochte Kaffee, bereitete das Frühstück, holte die Asche aus den Kachelöfen, ging die Zeitung holen. Der Vater war ruhig und gelassen wie ein Buddha; Mutter war das reinste Feuer, sie brannte wie die ewige Flamme. So sah ich das wenigstens, als ich noch ein kleiner Junge war und glaubte, die Welt sei unveränderlich. Aber als Vater starb, begann auch ihre Flamme zu verlöschen, sogar die Haut ihrer Hände und Wangen fand ich kühler, wenn ich sie berührte oder küßte. Etwa zehn Jahre nach Vaters Tod verschwand der Glanz aus ihren Augen, und ich wußte, daß ich auf nichts mehr hoffen konnte. Worauf hast du überhaupt gehofft, würde Donald sagen, ohne den boshaften Unterton in seiner Stimme zu verbergen. Inzwischen hatte ich natürlich gelernt, daß die Welt sich ändert, daß die Veränderung beständig ist, daß der Wechsel eigentlich das wahre Gesicht der Welt ist, und dennoch glaubte ich, daß es in dieser umfassenden Metamorphose Oasen gab, geschlossene Systeme, die sich jedem Versuch der Verwandlung widersetzten. Da bekäme Donald schon Mitleid mit mir, da könnte er auf die Boshaftigkeit verzichten. Als die Panzer nach Slowenien rollten, wollte ich die Tür verriegeln und die Rolläden herunterlassen, den Fernseher ausschalten und auf die Zeitung verzichten, um so wie in einem Märchen zu retten, was von unserer Familie übriggeblieben war. Meine Mutter indes war hartnäckig, sie drückte auf die Fernbedienung und hörte eifrig den erhobenen Moderatorenstimmen zu, die über den schnell wechselnden und flimmernden Bildern schwebten. Jetzt, während ich in einem Haus sitze, das nicht mein Heim ist, denke ich, daß Mutter das mit wohlüberlegter Absicht getan hat. Sie tat das, nicht um mich zu ärgern oder um zu erfahren, was wirklich geschah, denn sie, die viel blutigere Konflikte durchgemacht hatte, wußte wohl, daß es im Krieg keine Wahrheit, sondern nur angepaßte Deutungen gab, sie tat das vielmehr, weil sie ihr Ende schneller herbeiführen wollte. So wie mein Vater, dessen bin ich überzeugt, beschlossen hatte zu sterben, als er begriff, daß er nur als ein ohnmächtiger, behinderter, auf die Gnade anderer angewiesener Körper weiterleben konnte, so entschied sich meine Mutter für den Tod, weil sie sich weigerte, in der Wiederholung der Historie ihr eigenes

Leben noch einmal zu durchleben. Sie hatte sich vorgenommen: Morgen werde ich sterben, und am nächsten Tag war sie tot. Sie lebte zwar noch zwei Tage, aber nur, weil die moderne Medizin über Möglichkeiten verfügt, das Pulsen des Organismus zu verlängern und das Herz anzuspornen, als wäre das Leben ein Pferd, das im großen Derby den Sieg davontragen müsse. Als ich sie am Tag vor ihrem Tod im Krankenhaus besuchte, lag sie auf dem Rücken und wies mit hocherhobenem Arm und ausgestrecktem Zeigefinger in eine Ecke des Zimmers. Dort ist es, sagte sie, als ich mich über sie beugte. Ich drehte mich um. Die Ecke war leer, wenn man von einigen Spinnwebfäden absah, die sich im unsichtbaren Luftzug hin und her bewegten, so wie auch sie leer war, sieht man ab von den letzten Lebensfäden, die zitterten und rissen, während sich ihre Seele in Höhen emporschwang. Hier gibt es nicht einmal Spinnweben in den Zimmerecken, da brauche ich mich gar nicht umzudrehen. Mutters Stimme wird für einen Augenblick lauter, als hätte sie sich plötzlich dem Mikrophon genähert und gleich wieder von ihm entfernt. »Natürlich«, sagte sie, »das Leben kann man nicht ändern, und je mehr du versuchst, es zu greifen, um so mehr entzieht es sich dir.« Wieder betrachtete sie ihre Hände. »Wenn ich bedenke, was alles durch diese Finger gegangen ist, möchte ich sie am liebsten abschneiden, aber damit macht man nichts ungeschehen. Was einmal weg ist, kommt nie wieder. Habe ich das vielleicht schon gesagt?« Ich höre mich, wie ich das verneine, und selbst wenn, sage ich, es ist egal. Meine letzten Worte sind gut vernehmbar, als hätte ich mich über das Aufnahmegerät gebeugt, um zu prüfen, wieviel Band noch übrig war. Auch jetzt beuge ich mich und sehe, daß beide Rollen gleich dick sind. Mit den Fingerspitzen berührte Mutter ihre Schläfen, Augenlider, Mundwinkel. »Ich wollte noch etwas sagen«, sagte sie, »aber jetzt weiß ich nicht mehr was.« Ich wartete. »Vielleicht können wir morgen weitermachen«, schlug ich vor, womit Mutter wortlos einverstanden war. Aber am nächsten Tag nahmen wir nichts auf, obwohl ich alles vorbereitet und Mutter sich sogar auf den Stuhl gegenüber dem Mikrophon gesetzt hatte. Als das Band gerade anlief, klingelte jemand an unserer Tür, in der Nachbarwohnung bellte ein Hund, Mutter beeilte sich aufzumachen und kam nicht mehr ins Wohnzimmer zurück. Alles das höre ich jetzt: den schrillen Ton der Klingel, die wir alle zu laut fanden, aber nie austauschten, das erstickte Hundegebell, das Knarren des Tisches, auf den Mutter sich beim Aufstehen stützte, das Gemurmel in der Diele, das Zuschlagen der Küchentür, mein Räuspern. Nur daß sie nicht mehr zurückgekommen war, hört man nicht. Ich hielt das Band an, spulte es zurück und legte es in die rote Pappschachtel, dann schaltete ich das Tonbandgerät ab, packte das Mikrophon ein, wickelte die Kabel zusammen. Alles tat ich an seinen Platz: das Tonbandgerät unter den Schrank, das Zubehör in die Schublade, die Schachtel mit dem Band in das Bücherregal, dort, wo schon die übrigen Bänder lagen. Etwas später kam ich zurück und schob alle vier Bänder hinter die Bände des Wörterbuchs der serbokroatischen Sprache der Akademie der Wissenschaften, wo sie vierzehn Jahre lang liegenblieben. Ich habe sie nur noch einmal angerührt, sieben Jahre später, als die Wohnung zum letztenmal gestrichen wurde. Damals nahm ich jedes Buch in die Hand, wischte den Staub von ihm, legte es in einen der Kartons, die ich zuvor tagelang aus der Metzgerei und aus dem Lebensmittelgeschäft nach Hause geschleppt hatte. Als das Anstreichen, das einem immer ein nie endendes Unterfangen scheint, doch beendet war, stellte ich jedes Buch an seinen alten Platz zurück; ich änderte nichts. Wahrscheinlich stehen die Bücher mit Ausnahme der Bibel, der zwei Wörterbücher und des illustrierten Führers durch die Rocky Mountains, die ich nach Kanada mitgenommen habe, dort noch immer so, allerdings jetzt von einer neuen Staubschicht bedeckt. Eines lernt man, wenn man, sei es auch nur mittelbar, die Erfahrung des Krieges macht: Das Leben besteht aus einer Anhäufung von Gegenständen, gleich ob von Büchern, Handtüchern, Kissenbezügen oder von Grafiken, als läge der Sinn des Lebens darin, daß wir uns selbst ein Museum errichten, welches sich früher oder später, zumal dann, wenn ein Weggehen unvermeidlich wird, in einen Haufen nutzlosen Zeugs verwandelt. Ganz bestimmt habe ich deshalb Mutters Sachen so schnell weggeräumt. Schon fünf, sechs Tage nach ihrer Beerdigung erinnerte in der Wohnung nichts mehr an ihre Anwesenheit. Als mein Vater gestorben war, wogen wir jede seiner Sachen zunächst in der rechten, dann in der linken Hand, als würde von jeder einzelnen unser eigenes Leben abhängen. Von Mutters Sachen hing nichts ab. Das Land fiel auseinander, ich fiel auseinander, die Erinnerungen wurden zum Ballast, der einen gewaltig in die Tiefe zog. Damals, als ich ihre Sachen in Plastiksäcke und große Keks- und Wurstkartons stopfte, entdeckte ich die Briefe ihres ersten Mannes und ein Bündel Geldscheine aus dem Königreich Jugoslawien. Das Bündel schenkte ich dem Jungen aus dem Nachbarhaus, dem ich früher immer Briefmarken gab und von meinen Auslandsreisen Münzen mitbrachte. Die Briefe habe ich gelesen. Der Mann, der sie geschrieben hatte, wußte, daß er sterben würde, obwohl er sich bemühte, sich das nicht einzugestehen, und immer wieder den »baldigen Transport« erwähnte, der sie »in ein fernes Land« zur Zwangsarbeit bringen sollte. Gebracht hat er sie jedoch zu einem Wäldchen in der Umgebung von Belgrad, wo sie, von Maschinengewehrsalven niedergemäht, in ein viel näheres und realeres Land fielen, in Gruben, die sie zuvor höchstwahrscheinlich selbst ausgehoben hatten. Ich wußte nicht, ob es der historischen Wahrheit entsprach, aber ich konnte mir vorstellen, daß sich gerade, während ich das las, ähnliche Transporte in irgendeinem anderen Teil meines Landes zu ähnlichen Wäldchen bewegten. Die Waffen sind inzwischen anders, sie sind heute leichter und schneller, aber das Werkzeug, womit man die Erde aushebt, ist das gleiche geblieben: Spaten und Schaufel, manchmal auch eine Hacke oder die nackten Hände. Davon stand nichts in diesen Briefen; selbst wenn er etwas wußte, durfte Mutters erster Mann wohl nicht darüber schreiben; worüber er schreiben durfte, das war seine Liebe. Wären die Briefe nicht aus einem Lager gekommen, hätte man meinen können, einige Sätze seien aus einer großen Entfernung geschrieben, vielleicht von einer bald endenden Geschäftsreise. Dann trat an die Stelle der Liebe die Sorge, spürbar waren die Angst um das Schicksal der Frau und der Kinder und der Glaube, daß der Lauf des Schicksals noch geändert werden könne. Es gab Teile, in denen er voller Schmerz sein Schicksal beklagte, aber auch Sätze, in denen er seiner Frau zum Teil die Schuld für die Lage gab, in der er sich befand. Wären sie, nachdem sie Zagreb verlassen hatten, in Bosnien geblieben, wäre ihnen, davon war er überzeugt, nichts von alledem zugestoßen. Er wußte nicht, er konnte nicht wissen, daß die bosnischen genau wie alle anderen Juden auf dem Gebiet des Unabhängigen Staates Kroatien, meist in den Ustascha-Lagern umkamen. Darin lag eigentlich der einzige Unterschied, denn das Lager, in dem er sich befand, stand unter deutscher Verwaltung. Der letzte Brief trug das Datum vom 14. November 1941. In ihm schrieb er fast mit der Erleichterung eines Menschen, der es leid geworden ist, sich vor seinem Schicksal zu fürchten, daß endlich der Augenblick seines Transports gekommen sei. Vielleicht schon am nächsten Tag, schrieb er, würde er irgendwohin weit weg gebracht werden, er wüßte zwar nicht, wohin, war aber zutiefst überzeugt, daß keine Entfernung und keine Ereignisse, daß nichts sie auseinanderbringen könne. Sollte sie später zufällig einen Koffer mit seinen Sachen bekommen, solle sie sich keine Sorgen machen, weil viele so, ohne alles, weggegangen seien, da man dort, wohin sie gebracht würden, das habe man ihnen versichert, nichts davon benötige. Er habe übrigens die Arbeit nie gescheut, schrieb er, warum solle er denn jetzt Angst vor zusätzlicher Arbeit haben, so anstrengend sie auch sein möge. Und dann schrieb er: Du sollst wissen, es ist mein Wunsch, daß meine Söhne als Serben und keinesfalls als Juden erzogen werden. Das Wort »keinesfalls« war mit einer dicken Schlangenlinie unterstrichen. Ich traute meinen Augen nicht. Das Blatt fiel mir aus der Hand, und als ich mich bückte, um es aufzuheben, stieß ich mit der Stirn gegen die Tischkante. Ich las den Satz noch einmal. Wieviel Verzweiflung muß in diesem Mann gesteckt haben, wenn er auf den Gedanken kommen konnte, die Erziehung sei stärker als das Schicksal? Ich versuchte mir meine Mutter vorzustellen, wie sie in einem schlecht beleuchteten Zimmer saß und sich über diesen Brief beugte, so wie ich jetzt, nur daß sich der Schmerz bei mir ins Stirnbein bohrte, während er ihr das Herz zerriß. Sie hätte seinen Wunsch nie erfüllt, davon war ich überzeugt, weil sie bis dahin schon so oft ihr Wesen geändert hatte, gerade um das Judentum dieser Kinder zu bewahren, so wie sie nach dem Krieg noch einmal ihr Wesen änderte, um das Judentum in ihre neuen Kinder, meine Schwester und mich, einzupflanzen. Ich war nicht sicher, ob ich das richtig verstanden hatte, ahnte aber, was für eine seelische Last sie sich damit aufgebürdet hatte. Als sie seinen letzten Wunsch zurückwies, wies sie auch ihn zurück; als sie wieder einen Juden zum Mann nahm, besiegte sie das Böse, das zuvor ihn, ihren ersten Mann, besiegt und dazu gebracht hatte, sich selbst zu verabscheuen. Letzten Endes hat sie ihn doch verraten, obwohl sie weder davor noch danach jemanden verriet, und davon kam sie nie los, das stand wie ein Schatten neben ihr. Warum hat sie diese Briefe dann nicht vernichtet? Ich konnte sie nicht mehr danach fragen. Auf einmal war mein Leben zur Antwort auf das Leben eines Menschen geworden, den ich nie gesehen hatte; mich gab es, damit er, trotz der ungeheuerlichen Idee von der Ausrottung, weiterexistieren konnte. Ich legte die Briefe zusammen, faltete sie vorsichtig entlang den abgenutzten Knicken und legte sie zurück in den gelblichen Umschlag, in dem sie in Mutters Handtasche geruht hatten. Das Papier bröckelte; der Tisch war mit hellen Krümeln bedeckt; hätte ich sie unter einem Mikroskop betrachten können, hätte ich nur ein Mikroskop gehabt, wer weiß, was für phantastische Gebilde ich erblickt hätte. Ich zitterte, mein Gesicht war von Schweißperlen bedeckt, aus dem Magen stieg Übelkeit hoch; in dieser Nacht spürte ich zum erstenmal seit Mutters Tod Angst davor, allein in der Wohnung zu sein. Mit weit aufgerissenen Augen starrte ich in die Dunkelheit über dem Sofa, auf dem ich lag, und verfolgte die Schatten, die jedesmal durch das Zimmer huschten, wenn ein Auto oder ein Lastwagen auf der Straße vorbeifuhr. Früher dachte ich, das Positive am Tod der Eltern sei, daß man endlich aufhört, jemandes Sohn zu sein, und sich wenigstens für eine bestimmte Zeit so benimmt, als gehöre die Welt einem allein, aber damals, als die Bettdecke schwer auf mir lag und der Kissenbezug an meinem Nacken klebte, ängstigte ich mich vor jener Einsamkeit, die ich früher als etwas Erstrebenswertes empfunden hatte, und die jetzt, so sprach die Dunkelheit zu mir, alles war, was ich noch hatte. Das habe ich Donald nie gesagt. Das habe ich eigentlich niemandem gesagt. Ich hatte auch niemanden, dem ich es hätte sagen können. Der Krieg dauerte, das Geld verlor seinen Wert, die Menschen verwandelten sich, die Worte wurden immer leerer. Nur meine Angst blieb dieselbe. Ich schob das Zubettgehen immer weiter hinaus, bis mir der Kopf auf die Brust fiel oder das Buch aus der Hand glitt, aber dann, sobald ich mich hinlegte und das Licht ausmachte, wollten sich meine Augen nicht schließen, und ich starrte in die Dunkelheit, aus der mir immer wieder etwas entgegenraste. Doch nichts erreichte mich; die Angst ist übrigens keine Verwirklichung; die Angst ist die Androhung der Verwirklichung, die Möglichkeit, daß etwas geschieht. Vergebens wiederholte ich mir das, so wie ich die Tischlampe vergebens brennen ließ. Ich sah immer die Leere, die der erste Mann meiner Mutter in der Nacht vor dem Transport gesehen haben mußte, vor jener traurig kurzen Reise zu der Stelle, wo das schon ausgehobene Grab wartete. Alles, was danach folgte, kann ich jetzt, während ich neben dem Tisch sitze, auf dem das Tonbandgerät ruht wie ein neuer Toter, in einem einzigen langen Satz zusammenfassen. Ich wollte meiner Angst, meiner Verzweiflung und meinem Schmerz entrinnen und suchte Rettung im Versinken in eine Angst, eine Verzweiflung und einen Schmerz, die größer waren als die meinen, und nahm daher das Angebot an, im Büro einer internationalen humanitären Organisation zu arbeiten, die für die Verteilung von Hilfsgütern und das Zusammentragen von Informationen über die Flüchtlinge zuständig war, was mich ständig mit denjenigen konfrontierte, deren Unglück nicht wie das meine nur symbolisch war, was mich zwang Greisinnen zu helfen, über Schwellen zu treten, zittrige Hände entlang Linien von Formularen zu führen, die für die eigenhändige Unterschrift vorgesehen waren, Kinderaugen zu betrachten, die nie, egal wie lange man sie auch anschaute, zwinkerten, als hätte etwas sie für immer geöffnet, ich begann Flüchtlingslager zu besuchen, Gespräche zu führen und Aussagen zu notieren, verlorenes und zerstörtes Gut festzuhalten, Listen von Verschollenen und Vermißten oder von Menschen, die einfach vergessen worden waren, zusammenzustellen, fast wertlose Geldscheine zu bündeln, nach denen sich Finger mit zersplitterten Nägeln streckten, für das kleine Mädchen, das sich nicht mehr an seinen Namen erinnern konnte, eine Puppe aufzutreiben, für Babys Windeln, für chronisch Kranke Medikamente zu besorgen, zu dolmetschen und zu übersetzen, zu beschreiben und zusammenzufassen, bis ich fühlte, daß ich nichts mehr fühlte und daß die Angst der anderen vor der Veränderung und vor dem Verlust der Welt meine Angst vor der Wiederholung der Welt auslöschte. Dann ging ich weg. Natürlich nicht sofort, aber ich fasse mich jetzt kurz, weil mir der Blick auf die viereckige Wanduhr zeigt, daß ich bald mit Donald rechnen muß. Er rief mich an, nachdem er meine Sendung bekommen hatte, er hatte sie noch nicht aufgemacht, und schlug vor, mich am kommenden Samstag, das heißt heute, nach zehn Uhr abends zu besuchen, nachdem er mit seinen Übungen im Fitneßcenter und mit dem Schwimmen im Hallenbad fertig sei. Seine Stimme klang gleichgültig. Ich weiß nicht, warum ich erwartet hatte, sie würde anders klingen; vielleicht, weil meine Stimme beim Beantworten seiner Fragen zitterte und ich mich hoffnungslos in den einfachsten grammatikalischen Konstruktionen jener Sprache verstrickte, die ich bereits als meine betrachtete. Wir wechselten noch einige Sätze über belanglose Dinge, über das Bier und das Wetter, dann aber wurde er böse, als ich ihm vorwarf, daß er leichtfertig die Forderung Quebecs nach Abspaltung unterstütze, die mich, betonte ich, unwiderstehlich an den Beginn des Zerfalls meines ehemaligen Landes erinnere. Wir sind doch nicht solche Barbaren, schnauzte mich Donald an. Meine Mutter hatte recht, dachte ich, man soll nie Menschen trauen, in deren Augen nichts zu sehen ist. Danach unterhielten wir uns wieder friedlich. Donald bat mich, den Tag und die Stunde seines Besuchs aufzuschreiben, dann legten wir, zunächst er, dann ich, den Hörer auf. Jetzt hängt auch noch dieser Zettel am Kühlschrank, verloren in der Flut von Mitteilungen, Anzeigen, Hinweisen für die Entsorgung von Papier, Zeitungspapier, Konservendosen und Kartonverpackungen. Während ich das notierte, nahm ich mir vor, noch einen Zettel zu schreiben, der mich daran erinnern sollte, Donald zu erklären, was der Schlamm, in dem der Dichter und das Mädchen am Ende meiner Erzählung waten, eigentlich zu bedeuten hat, nahm aber gleich wieder Abstand davon. Hätte ich erklären wollen, hätte ich nicht schreiben müssen, aber da ich geschrieben habe, brauche ich nicht zu erklären. Wie auch immer, als ich am verabredeten Samstag, das heißt heute morgen, wach wurde, kam mir der Schlamm nicht in den Sinn. Ich spürte Angst, das steht fest. Hätte ich gestanden, hätten meine Knie bestimmt gezittert, so wie früher, wenn ich spät in der Nacht in den menschenleeren Straßen Zemuns Milizionären begegnete. Um meine Unruhe zu überwinden, beschloß ich, die Bänder mit

Mutters Lebensgeschichte abzuhören. Ich hatte das früher schon einige Male versucht, zum erstenmal, als ich das Tonbandgerät aus Donalds Keller geholt hatte, aber es war mir nie gelungen, diese Geduld aufzubringen. Zuerst ging mir das Quietschen der Gummiriemen und der ausgeleierten Achsen auf die Nerven, dann beschlich mich der Verdacht, daß ich die Reihenfolge der Bänder durcheinandergebracht hatte, einmal habe ich losgeheult, die Lunge tat mir weh, so sehr mußte ich schluchzen, aber die ganze Zeit plagte mich die Angst, daß die Rückkehr zu meiner Muttersprache, verstärkt durch die Tatsache, daß ausgerechnet meine Mutter sie sprach, mich dorthin zurückwerfen könne, wohin ich nicht mehr zurückkehren wollte, vor allem jetzt nicht, da ich dank der fremden Sprache endlich begann, mich wie jemand anderes zu fühlen. Es gibt Menschen, hier wie dort, die sagen würden, dies sei eher ein Grund zur Scham als zu einem Gefühl vollkommener Erfüllung, aber mich tröstet der Gedanke, daß meine Mutter so etwas nie gesagt hätte. Nur die sollten sich schämen, hätte sie gesagt, die dich an Scham denken lassen. Ich weiß nicht, was Donald gesagt hätte. Er hätte wahrscheinlich geschwiegen, oder sich etwas notiert. Immer wenn er das tat, verdeckte er mit dem linken Arm die Seite, auf die er schrieb, runzelte die Stirn und leckte sich die Lippen. Sein Arm und sein Ablecken störten mich nicht, aber jedesmal reizte es mich, ihm die Hand auf die Stirn zu legen und seine Falten zu glätten, weil das Schreiben, wollte ich ihm sagen, immer mit Freude verbunden sein sollte, selbst wenn es um einen schwierigen Vers oder um einen hoffnungslos verschachtelten Satz ginge.

Aber ich habe das nie getan. Ich weiß nämlich, mit welcher Befremdung er mich anschauen würde, berührte ich sein Haar, von seiner Haut ganz zu schweigen. Vielleicht würde er sogar vom Stuhl fallen oder sein Bierglas umstoßen. Schrecklich ist die Berührung der menschlichen Hand. So lautet ein Vers, vielleicht der Titel eines Gedichtes von mir. Als ich das schrieb, konnte ich nicht ahnen, daß mir kurz nach Vaters Tod einfallen würde, daß wir beide uns nie berührt hatten. Die Umarmungen gehörten Mutter; Vater blieb immer außerhalb der Reichweite von Berührungen. Mutter eilte einem entgegen; er wartete, daß man auf ihn zukam. Mutter wußte, wann man laut sprach, wann man flüsterte, wann man schmuste; er sprach immer mit der gleichen Stimme, als gebe es keine Unterschiede zwischen den Worten. Vielleicht könnte ich Donald, wenn er kommt, das alles erzählen, statt mit mir selbst zu reden. In jedem Fall sollte ich ihm von dem berichten, was ich auf Mutters Bändern gehört hatte, natürlich nicht vollständig, nicht alles, aber dennoch so ausführlich wie möglich, falls er genügend Zeit und Geduld dafür aufbringt. Ich stehe auf, gehe zum Fenster, lausche. Die Bänder liegen auf dem Tisch, jedes in seiner Schutzschachtel aus Pappe. Wenn ich die mitgebrachten Bücher nicht rechne, dann sind die Bänder der einzige Beweis für mein Dasein; die Stimme, die keine Stimme mehr ist, die jenseitig und abwesend nur ein mechanischer Ersatz für die Wirklichkeit ist, bestätigt meine Anwesenheit; ich bin da dank dem, was nicht da ist. Ich nehme an, daß ich die Bänder jetzt, nachdem ich sie gehört habe, einpacken und nach Belgrad schicken kann. Nur die Bücher blieben mir dann noch, aber es ist ein leichtes, sich der Bücher zu entledigen, sowohl der heiligen, als auch der profanen; Bücher waren noch nie ein unüberbrückbares Hindernis. Vielleicht bin ich zu ungeduldig, vielleicht wäre es besser, ich ginge in die Küche, spülte die Tasse und die Untertasse, wischte das Wachstuch ab, läse die Mitteilungen auf der Kühlschranktür durch. Es gibt nur eine Möglichkeit zu warten, sagte meine Mutter, und zwar, daß man nicht wartet. Und während wir alle zwischen Tür und Fenster hin und her liefen, die Hälse lang machten und frühmorgens oder spät nachmittags hinausschauten, fand sie in der Küche immer etwas zu tun, putzte Möhren oder junge Erbsen, schnitt Zwiebeln klein, scheuerte einen Topf oder knetete Teig. Vollkommene Gelassenheit erreichte sie dadurch, daß sie von Zettelchen und Zeitungsausschnitten Rezepte in ihr Küchenheft abschrieb. Ich setze mich wieder hin, ich stehe wieder auf, ich gehe wieder zum Fenster, ich lausche wieder. All das ist natürlich unnötig, weil Donald mit dem Wagen kommt; ich werde, da ich in einer ruhigen Gegend wohne, ihn hören, sobald er von der Hauptstraße abbiegt. Wenn er erfrischt vom Schwimmen im Hallenbad und strotzend von der im Fitneßcenter erworbenen Kraft kommt, wird das ein mit symbolischer Bedeutung geladener Ausgang des Tages werden, zumal für mich, der ich ihn mit immer wieder neuen Abstürzen von den Hängen der Erinnerungen verbracht habe, während die Kraft aus mir herausrann wie eine Körperflüssigkeit. Selbst einer, der nicht schreiben kann, vermag das einzusehen. Er kann Linien ziehen, die – eine steht für Verlust und Schwund, eine andere für Erneuerung und Aufschwung – aus gegensätzlichen Richtungen auf einen Schnittpunkt zulaufen, wo sich zwei Spiralen zu ihnen gesellen, die nach unten führende Spirale der Erinnerung und die Spirale der Selbstsicherheit, die nirgendwo hinführt, eine Bemerkung, über die sich Donald schwarz ärgern würde. In diesem Punkt endet also alles und beginnt zugleich. Selbst einer, der nicht schreiben kann, vermag zu sehen, daß die Welt sich dort in einen Text verwandelt, Bilder zu Buchstaben werden, die Stille in das Weiß des Papiers fließt. Ein Leben endet symbolisch und tatsächlich am selben Tag, an dem symbolisch und tatsächlich ein neues Leben beginnt. Mutter tritt ab, Donald tritt auf, würde es in einem dramatischen Text heißen, wenn das Ganze ein Theaterstück und nicht das reale Leben wäre. Irgendwo geht eine Tür zu, anderswo geht eine auf, Licht strömt herein, die ganze Bühne ist auf einmal von Glanz erfüllt, und dann, viel später, fällt der Vorhang. Das erinnert mich daran, daß ich den Vorhang am Fenster beiseite schieben muß, weil Donald beim Anblick des gedämpften Lichts auf den Gedanken kommen könnte, ich sei eingeschlafen. Dabei bin ich wacher denn je, bereiter denn je für das, was geschehen wird, besser gesagt für das, was geschehen soll. Meine Mutter wäre bestimmt dagegen gewesen. Lege auf keinen Fall alles in die Hände eines Menschen, pflegte sie zu sagen, bewahre immer einen Teil für dich. Ich weiß nicht, in welchem Zusammenhang sie das sagte, vielleicht meinte sie auch gar nicht mich, sondern meine Schwester, aber das ist nicht wichtig. Ich *habe* bereits alles in Donalds Hände gelegt, und wenn ich alles sage, dann meine ich es auch so, nichts ist geblieben, am allerwenigsten der Teil, von dem Mutter sprach, denn ich habe Donald nicht nur die Seiten mit der Erzählung anvertraut, sondern auch alles, was nach dieser Erzählung geschehen kann, vorausgesetzt natürlich, daß er das, was ich geschrieben habe, für gut befindet. Ein ganzes mögliches Leben habe ich in seine Hände gegeben, und die Tatsache, daß Donald nach dem Schwimmen und der Gymnastik zu mir kommen will, ist für mich die Bestätigung seines Wunsches, alles, was ich ihm anvertraut habe, nicht mehr loszulassen. Ich kann die Vorsicht meiner Mutter verstehen und zweifele nicht daran, daß ich an ihrer Stelle genauso gehandelt hätte, aber ich bin nicht an ihrer Stelle, ich bin eigentlich an keiner Stelle, und wenn ich von einem möglichen Leben spreche, spreche ich eigentlich von einem Ort, ich spreche vom Leben, das zu einem Ort wird. Das Leben ohne einen Ort ist ein bloßes Umherflattern. Ich weiß nicht, wer das gesagt hat; meine Mutter sicher nicht, obwohl gerade sie ihr Leben so gelebt hat, als wäre es ein Ort. Sie fühlte sich dorthin gehörig, wo sie sich befand; von mir kann ich das nicht behaupten. Wenn ich besser schreiben könnte, könnte ich aus diesen Unterschieden eine Story machen, eine Geschichte verfassen, die aus scheinbar widersprüchlichen, vom gleichen Gefühl des Verlustes zusammengehaltenen Fragmenten bestünde, so daß am Ende jedes Sichentfernen zu einer Annäherung würde. Schon wieder bin ich voreilig und spreche bereits von der Möglichkeit, besser schreiben zu können, dabei weiß ich nicht einmal, ob ich überhaupt schreiben kann. Bald werde ich wieder aus dem Fenster gucken, die Tür aufmachen, vielleicht werde ich sogar bis zum Bürgersteig hinausspazieren, vielleicht mich auf den Rasen setzen. Besser wäre es jedoch, wenn ich die Tasse und die Untertasse spülte, etwas aufräumte und die Tagesdecke auf dem Bett glattstriche. Ich bin überzeugt, daß Donald keine Unordnung mag. Wenn das stimmt, dann besteht zwischen ihm und meiner Mutter eine Ähnlichkeit. Sie stürzte sich, sobald sie die Tür eines Zimmers oder der Küche öffnete, auf liegengelassene Gegenstände, einen Aschenbecher mit Kippen, einen Teller mit Apfelschalen, alles bedeckenden Staub, einen Fleck auf der Fensterscheibe. Nichts entging ihrem Blick, ihrer Berührung, ihrer Sorge. Nur um sie durfte sich keiner sorgen. Sie ärgerte sich, wenn wir ihre Blässe oder die dunklen Ringe unter ihren Augen erwähnten. Sie füllte selbst heißes Wasser in die Wärmflasche, kochte sich Tees, rieb sich selbst die Gelenke mit Salben ein, machte sich Umschläge aus Schnaps und Zwiebeln. Am Morgen war sie wieder als erste auf den Beinen, entfachte das Feuer im Herd, ging einkaufen. Die Nacht war für die Krankheit da; der Tag mußte immer der gleiche bleiben. Ich habe bereits viele Leben durchgemacht, sagte Mutter, ich kann nicht noch ein weiteres beginnen. Den ersten Teil des Satzes nahm ich als ersten Vers eines Gedichts über eine Greisin, die auf einer Bank neben einem Kirschbaum sitzt, der weitere Verlauf des Gedichts ist dagegen anders, da wird die Möglichkeit eines neuen Lebens nicht einmal angedeutet. Aber auch der Anfang ist eigentlich anders, da in ihm im Unterschied zu meiner Mutter nicht die Mehrzahl der durchlebten Leben hervorgehoben wird, sondern die Menge des einen Le bens. In jedem Fall, selbst wenn es keinen wesentlichen Unterschied zwischen den beiden Bedeutungen gibt, weiß die Greisin im Gedicht, daß es dort, wo das Ende ist, keinen Anfang gibt. Das Ende ist das Ende. Ich kann mir vorstellen, was Donald zu dieser Botschaft meines Werkes sagen würde, aber damals war ich jung genug, um an einige andere Dinge zu glauben, so zum Beispiel an die wohltätige Wirkung der Befreiung von Todesangst. Daß ich mein Gedicht nicht in der ersten Person verfaßt, sondern es der Greisin in den Mund gelegt habe, sagt wohl etwas über mich aus, vielleicht sogar mehr als das Gedicht selbst. In meinem Gesicht könne man lesen, behauptete Mutter, wie in einem großgedruckten Buch. Wahrscheinlich kann man das auch heute noch, nur sind die Buchstaben kleiner und ihre Bedeutung schwerer zugänglich geworden, zumal in diesem Land, wo der Ausdruck weniger wichtig ist als die Worte und wo der Mund mehr aussagt als die Augen. Hier kommt es nicht darauf an, wie man blickt, sondern wie man spricht, und wer nicht reden kann, ist blind. Das ist eine bescheidene Schlußfolgerung von mir, nichts Besonderes, aber die kleinen Erkenntnisse bereiten mir immer noch große Freude. Donald konnte, als ich das ihm gegenüber zum erstenmal erwähnte, seine Überraschung nicht verbergen. Seiner Meinung nach sei der Europäer ebenso wie der Amerikaner nicht fähig, Schönheit und Größe in kleinen Dingen zu erblicken; zu so etwas sei nur der Mensch des Ostens imstande; der Europäer finde zwar Schönheit in der Harmonie der großen Formen, während dem Amerikaner die Größe allein genüge; ein Punkt habe im Osten kosmische Dimensionen, im Westen hingegen werde er zu einer Form ohne Eigenschaften. Wer in Nordamerika nicht an die Größe glaubt, sagte Donald, der hat hier nichts verloren. Auch da saßen wir im Restaurant auf der Flußinsel und leerten Bierkrüge, während um uns herum die Stadt aufragte. Jetzt bin ich mir nicht mehr sicher, ob das am Anfang unserer Bekanntschaft war oder ob es sich später zugetragen hat, aber selbst wenn ich Tagebuch geführt oder wenigstens regelmäßig Eintragungen in den Kalender gemacht hätte, würde das nichts ändern. Die Worte existieren nicht in der Zeit; sie werden ausgesprochen oder nicht ausgesprochen, eine dritte Möglichkeit gibt es nicht. Selbst auf Tonband gebannt existieren sie nicht in der Vergangenheit, sondern ausschließlich in dem Augenblick, in dem jemand beschließt, sie wieder zu hören, sie, wenn auch mittels Elektronik, Plastik und Magnetströmungen, wieder zum Sprechen zu bringen. Aber auch dann sprechen sie nicht aus einem bestimmten Segment der Vergangenheit, sondern sie bestätigen sich in der neuen Gegenwart, was bedeutet, daß sie nie dieselben sein können, weil nicht zweimal all die Parameter gegeben sind, die einen gegenwärtigen Augenblick bestimmen. Vielleicht, überlege ich, sollte ich die Bänder mit Mutters Stimme doch nicht nach Belgrad zurückschicken. Vielleicht wäre es besser, sie zu behalten und sie, wenn das alles vorüber ist, oder auch schon vorher, noch einmal oder sogar mehrere Male zu hören? Hätte ich jetzt einen Stift und ein Stück Papier bei der Hand, würde ich das unbedingt notieren und zu den anderen Zetteln an meinen Kühlschrank heften. Mutter wäre natürlich entsetzt gewesen, hätte sie diesen Zettelwald gesehen: Was du heute kannst besorgen, sagte sie immer wieder, das verschiebe nicht auf morgen. Und sie verschob nie etwas. Ich brauchte lange, um die Unruhe loszuwerden, die dieser Satz mit seiner Endgültigkeit in mir hervorgerufen hatte, denn trotz aller Bemühungen konnte ich mich nicht zu einer solchen Ordnung durchringen. Ich stand immer zur gleichen Zeit auf, ging immer zur gleichen Zeit schlafen, führte akribisch meinen Terminkalender, aber immer schwappte etwas über den Rand des Tages, immer blieb etwas für morgen oder noch öfter für übermorgen liegen, vor allem am Übergang von einer Woche zur nächsten oder wenn ein Monat zu Ende ging und ein neuer begann. Das wurde allerdings gegenstandslos, als ich auf den Terminkalender verzichtete und begann, Notizen an der Kühlschranktür zu hinterlassen. Alles in allem, überlege ich, während ich aus dem Küchenfenster in die immer dichter werdende Dunkelheit starre, steht fest, daß ich nicht mehr der bin, der ich einmal war, so wie feststeht, daß ich nach Donalds Besuch nie mehr der sein werde, der ich jetzt bin. Wenn der Schlußstrich gezogen ist, sagte meine Mutter, kannst du nur noch zwei Dinge tun, zusammenzählen oder abziehen, hinzufügen kannst du nichts mehr. Ich stelle mich plötzlich auf die Zehenspitzen, lausche, erkenne aber bald, daß es sich um das Auto des Nachbarn handelt. Donald ist also noch unterwegs. Mutter hatte allerdings recht: Das Leben muß immer wieder vom Beginn an gelebt werden; du kannst zwar eine Handvoll Fotos in deiner Tasche haben, aber das ist alles; es gibt kein Zurückblicken, kein Ziehen von Vergleichen, keine Suche nach

Ähnlichkeiten und Unterschieden. Nichts ist ähnlich, nichts ist verschieden. Jedes Ding ist ein Ding für sich, so wie jeder Mensch eine Sonderausgabe ist, eine Summe von Besonderheiten und nicht eine Anhäufung von Übereinstimmungen. Wenn Mutter in einem irrte, dann irrte sie – das erkenne ich jetzt so deutlich, als hätte sie es selbst auf das Band gesprochen – im Glauben an die Notwendigkeit des Ortes: Sie war der Ansicht, wenn das Leben auch ein Kuckucksei sei, so müsse das Nest doch immer dasselbe sein. Diese Wortwahl mag zwar an ihre Neigung zu Sprichwörtern und Volksweisheiten erinnern, aber so hätte sie das bestimmt nicht ausgedrückt. Doch das ist jetzt nicht wichtig; nichts ist mehr wichtig, zumal, wenn ich vom schmutzigen Geschirr im Spülbecken absehe. Als wir in Zemun die Bänder bespielten, stand ich unter dem Eindruck von Vaters Tod, da glaubte ich, wenn ich Mutter dazu brächte, über ihr Leben zu sprechen, wäre ich besser auf ihren Tod vorbereitet. Als sie starb, merkte ich, daß keine Vorbereitung hilft: Der Tod kommt immer unverhofft, vielleicht gerade dann, wenn man auf ihn wartet. Der Vater wütete auf seinem Lager, er schmiß das Bettzeug runter und zerriß seine Wäsche, Mutter hingegen lag ruhig und hob nur ab und zu den Kopf vom Kissen oder die Hand, so wie sie es am Ende tat. Manche mögen deshalb sagen, der Vater habe um ein zusätzliches Stück Leben gekämpft, während sich meine Mutter mit dem Tod abgefunden habe; in Wirklichkeit aber rief Vater den Tod herbei, während meine Mutter angesichts des Endes verzweifelte. Donald würde natürlich die Gelegenheit nicht verpassen, in alldem die symbolische Übereinstimmung zwischen

Mutters stürmischem Schicksal und dem politischen Schicksal meines Landes zu sehen, aber obwohl eine solche Deutung reizvoll ist, neige ich eher zu der Annahme, daß Mutter keine andere Wahl hatte, daß sie einfach das durchlebte, was der Umgebung um sie herum vorgegeben war, so wie das auch der Held meiner Erzählung durchleben sollte, falls das wirklich eine Erzählung ist. Das weiß ich jetzt, während ich in dieser kleinen Küche stehe, aber damals wußte ich das nicht, als ich mich unter dem altmodischen Lüster in unserem Wohnzimmer in Zemun bemühte, die Eifersucht zu ersticken, die mich erfaßte, während ich Mutters Geschichte hörte. Wäre ich dort geblieben, glaube ich einmal zu Donald gesagt zu haben, wäre ich wie ein Brotkrümel aufgesaugt worden. Ich habe ihm nicht gesagt, was mich aufgesaugt hätte, das weiß ich bis heute nicht. Donald fragte nicht. Wenn er dabei an etwas dachte, dann an einen Tornado, denn in seinem Leben hatte er keinen anderen Wirbel gesehen, höchstens den Strudel eines Gebirgsflusses. Selbst wenn ich ihm die Gewalt hätte beschreiben wollen, mit welcher der Strudel der Geschichte Dinge aufsaugt, hätte er nichts verstanden. Die Historie war für ihn in der Tat ein Lehrbuch, ein Handbuch über Ereignisse, die, wie die Autoren behaupteten, einmal geschehen, nie mehr wiederholt werden können. Daß meine Mutter immer etwas gebückt lief, als stiege sie einen steilen Hang hinauf, als widersetze sie sich einer Kraft, die sie nach unten zog, würden sie ihrem Rheumaleiden zuschreiben und nicht der historischen Wirklichkeit. Donald dachte vermutlich nicht anders, trotz meiner Bemühungen, trotz des Kaffees, des Biers, der Landkarten und der trägen Kellnerinnen im Restaurant auf der Flußinsel. Im Grunde interessiert sich keiner für die Summe der Ereignisse, die einen Menschen ausmachen; alle meinen, das Schicksal sei eine kollektive Eigenschaft, wir seien wie Ähren oder Fischschwärme, und selbst wenn einer an Pilzbefall leide oder einen Köder verschlucke, beweise das nur die Ähnlichkeiten und nicht die Unterschiede. Ich starre in die Dunkelheit hinaus, spitze die Ohren und zähle in Gedanken alles auf, was meine Mutter konnte: beispielsweise jede Pflanze im richtigen Augenblick in das richtige Gefäß umtopfen; Frischkäse machen; das Feuer im Herd anzünden und die Glut dann zum Kachelofen im Wohnzimmer hinübertragen; aus Knoblauch, Weinessig und neunmal ausgewaschenem Schweineschmalz eine Mischung zubereiten, die, auf den ganzen Körper verstrichen, das höchste Fieber senkte; für jedes Fetzchen Stoff und jeden Faden, jedes Stück Draht und jede Schachtel aus Pappe oder Plastik eine Verwendung finden; die linke auf die rechte Seite wenden; stricken, häkeln und sticken; Patiencekarten legen; das Parkett mit einem in Paraffin getränkten Tuch wienern; aus Natron eine Lösung zum Gurgeln machen; Mehl durch ein feines Sieb streichen; einen über einen Holzpilz gezogenen Strumpf stopfen; eine Spinatpitta schichten; ein Huhn schlachten; das Eiweiß vom Eigelb trennen; Sahne schlagen. Nichts von alledem kann ich. Ich kann nicht einmal so schweigen, wie sie es tat, mit leicht aufeinandergepreßten Lippen, wobei sie mit der linken Hand die Augen verdeckte. Sie fürchtete immer, ihre Augen würden sie im Stich lassen; erst die Gelenke und dann die Augen, das war die Reihenfolge ihrer Ängste; es gibt nichts Schlimmeres, sagte sie, als in ewiger Dunkelheit unbeweglich zu sein. Ich kann mich nicht erinnern, was genau die Ärzte in ihren Totenschein eingetragen hatten, aber keiner der lateinischen Ausdrücke war überzeugend genug. Ich glaube, sie erwähnten das Herz, vielleicht die Lunge und die Nieren, vielleicht auch die Krampfadern, gewöhnliche Dinge für einen gewöhnlichen Tod, als gäbe es zwei gleiche Tode, als wäre das Sterben nicht der Akt der größten Unterscheidung, als würde der Mensch im Tod nicht zu dem, was er wirklich ist, was kein anderer sein kann. Als meine Mutter starb, starb mit ihr ein Teil von mir, so wie ein Teil von ihr mit meinem Vater gestorben war, ein anderer mit den Kindern aus ihrer früheren Ehe, ein dritter Teil mit ihrem ersten Mann. Während der Rabbiner die Gebete sprach und die Totengräber hinter dem Haufen frisch ausgehobener Erde auf ihre Spaten gelehnt warteten, konnte ich an nichts anderes denken, als an diese kleinen Tode, an diese kleinen, aber endgültigen Abschiede von der Welt. Da beschloß ich, irgendwohin zu gehen, wo mein Tod niemanden verletzen würde, wo jeder ganz bleiben könne. Der Krieg war inzwischen zu einem eintönigen und alltäglichen Ereignis geworden, zu einer Nachricht, die in der Tagespresse mit ebensoviel Aufmerksamkeit gelesen wurde wie eine neue Comic-Folge, die Fußballergebnisse und die Rubrik mit Kuriositäten aus aller Welt. Niemand interessierte sich für das Ende meiner Mutter. Niemand interessierte sich mehr für irgend etwas, weil ohnehin alles ohne unser Zutun geschah. Sogar die Worte wurden zu im voraus bekannten

Refrains oder bestenfalls zu Variationen, die, in sich selbst verstrickt, nicht mehr auszusagen vermochten, als wir ohnehin schon wußten. Ich hatte kein Land mehr, war ohne Mutter, es fehlte nur noch, daß auch die Sprache zerschliß, dann hätte ich alles verloren. Dann ging ich fort. Jetzt kommt es sogar mir vor, als hätte sich das alles sehr schnell abgespielt, obwohl es in Wirklichkeit viel länger gedauert hat: Zwei Jahre vergingen von dem Augenblick, als ich eine Handvoll Erde auf Mutters Sarg warf, bis zu der Stunde, in der ich tatsächlich wegging. Alles verlief langsam, alles war endlos, vor allem die Nächte, in denen ich mich an ihre Abwesenheit gewöhnen mußte. Nur mit den Sachen meiner Mutter war ich schnell fertig geworden; ich habe sie nicht wie einst bei meinem Vater von einem Schrank in den anderen verlegt, zuerst in der einen und dann in der anderen Hand gewogen und mir dabei eingebildet, ich könne für sie einen neuen, womöglich erhabenen Zweck finden. Die Sachen bedeuteten mir nichts mehr, was mir zusätzliche Probleme bei der Arbeit mit den Flüchtlingen bereitete, die fast ausschließlich von Sachen sprachen, als könne man ein ganzes Leben auf die Differenz zwischen der Summe des Besitzes und den Verlusten reduzieren. Als ich das begriff, wußte ich sofort, daß ich begonnen hatte, mich etwas anderem zu nähern. Ich war mir zwar weder sicher, was das war, noch wußte ich, welche Richtung ich eingeschlagen hatte und wem ich mich da näherte, aber wenn es keinen Standort mehr gibt, von dem man sich entfernt und zu dem man seine Position im Weltall bestimmt, dann ist jede Richtung gleich gut. Das alles versuchte ich einmal, Donald zu erklären, nicht mit diesen Worten und vielleicht auch nicht so komprimiert, aber der Sinn war derselbe. Die Mutter könne man natürlich nicht ersetzen, aber das Land und die Sprache, warum nicht? Nur so, sagte ich, kann ich aufhören, jemandes Pfand, Schuld, Vermächtnis, ja sogar, wenn ich es wolle, jemandes Erinnerung zu sein. Donald warf mir einen freudlosen Blick zu, jenen, der sich bei ihm nach dem dritten Bier einstellt. Ich verzichtete darauf, es ihm weiter zu erklären. Aber als ich meine Erzählung in den Umschlag packte, fiel mir wieder sein verschwommener Blick ein, und ich hielt für einen Augenblick inne. Zu spät, damals wie jetzt. Ich hatte bereits den Rat meiner Mutter mißachtet, nach dem man sich nicht mehr auf andere als auf sich selbst verlassen soll, und nun blieb mir nichts anderes übrig, als in die Dunkelheit zu starren und die Geräusche zu deuten, die von der Straße und dem Hof her zu mir drangen. Dann legte sich die Stille auf das schmutzige Geschirr, so wie sich unsichtbare Staubkörnchen auf die Pappschachteln mit den Tonbändern setzen oder Schweißperlen an meiner Oberlippe haften. Ich wische sie weg und höre ein Auto in unsere Straße hineinfahren und vor meinem Haus halten. Das Wort »Häuschen« wäre da schon passender. Wer schreibt, wer schreiben will, muß immer daran denken, daß ein Wort nur einmal ausgesprochen werden kann; einen Fehler kann man später nicht mehr gutmachen. Ich könnte zum Fenster im Wohnzimmer gehen und nach draußen sehen, aber ich bleibe, wo ich bin. Wenn ich den Blick zur viereckigen Wanduhr hebe, sehe ich, wie der große Zeiger mit einem Ruck auf die nächste Minute springt. Ich höre eine Wagentür zuschlagen, dann leise Schritte auf dem Betonweg, der zu den drei Stufen am Eingang meines Häuschens führt. Diese letzten drei Schritte höre ich nicht, aber ich stelle mir vor, wie Donald erfrischt und mit einem Lächeln hochsteigt, seinen Zeigefinger schon auf den Klingelknopf links vom Türpfosten gerichtet. Und als ich die Klingel wirklich höre, zögere ich nicht, aber ich eile auch nicht. Ich atme die Luft ein, als wäre das eine völlig andere Luft, als wäre es nicht mehr meine Lunge, als wäre ich nicht mehr ich. So, sage ich zu mir selbst, muß sich das Obst fühlen, bevor es im Mixer zu Saft wird, so bangt das Eiweiß, bevor der Quirl es zu Schnee schlägt. Mutter wäre bestimmt stolz auf diese kulinarischen Vergleiche, selbst wenn sie wüßte, daß sie eine Verwandlung zu etwas anderem ankündigen. Zu jemand anderem, denke ich und öffne die Eingangstür. Donald steht davor, so wie ich mir das vorgestellt hatte, aber auf seinem Gesicht ist kein Lächeln. Auch nicht die erwartete Frische und Gelöstheit. Sein Gesicht ist hart, seine Schultern hängen, seine Füße stehen fest auf dem Boden. Ich schreibe das dem Umstand zu, daß er auf der zweiten Stufe stehengeblieben ist und ich ihn zum erstenmal aus diesem Winkel sehe, aber als er mir die Mappe mit meinem Manuskript reicht, zittert seine Hand, als hebe er einen von meinen Koffern. Das Manuskript, das ich flüchtig durchblättere, ist voller Korrekturen, unterstrichener Stellen und durchgestrichener Wörter, auch eine Menge großer Fragezeichen ist zu sehen. Ich klappe die Mappe zu und trete zur Seite; doch Donald bleibt auf derselben Stelle stehen. Vielleicht könnte ich auch wieder auf meine alte Stelle zurück, aber ich weiß nicht mehr, wo ich gestanden habe. Die Dunkelheit hinter Donalds Rücken ist dichter als die Abenddämmerung am Himmel, durch die stellenweise noch die Bläue durchschimmert. Könnte ich wirklich schreiben und hätte ich wenigstens ein Stück Papier und einen Bleistift zur Hand, könnte ich unsere Starre festhalten und in ihr die Ankündigung einer Veränderung sehen, den Augenblick erkennen, in dem das Herz sich zum Sprung in den Untergang entschließt. Dann verschwindet die Bläue, der Türrahmen füllt sich mit Dunkelheit, und als ich versuche, die Tür zu schließen, spüre ich den Widerstand der Finsternis. Ich drücke mit der Schulter gegen sie, nehme den Fuß zu Hilfe, stemme mich mit dem ganzen Körper gegen die glatte Fläche. Endlich rastet das Schloß ein. Dann trete ich vorsichtig, ganz vorsichtig, zurück, bis etwas meinen Rücken berührt.